D1925953

Unverkäufliches Leseexemplar
Broschur DM 9,90
Auslieferung Mai 1993
Wir bitten Sie, Rezensionen nicht vor dem
30. 4. 93 zu veröffentlichen.
Wir danken Ihnen für Ihr Verständnis.

Angela Caminals, eine bekannte katalanische Schriftstellerin, 48 und geschieden von einem Bankier, verliebt sich während eines Schriftstellerkongresses in Valencia in Miguel Orbaneja, einen brillanten Modeschriftsteller. Diese Liebe führt sie in die Katastrophe. In eine »moralische Krankheit«, die sie an den Rand des Selbstmords bringt. Nach über einem Jahr des Schweigens schreibt sie einen Brief – die vorliegende Novelle – an ihre dänische Freundin Ingrid, die ebenfalls Schriftstellerin ist. Um ihr schonungslos offen über alles zu berichten, das ihr widerfahren ist. Und um ihre Rache an Miguel an die Freundin zu delegieren.

Ein literarisches Meisterstück. Ein sprachlich dichter, poetischer, mehrdimensionaler Text, in dem u. a. Gegensätze zwischen Norden und Süden reflektiert werden sowie die Rolle der Frau in der spanischen Gesellschaft und Literatur. Eine Radiographie der Seelen-, der Gemütszustände. Ein hintergründig böses Buch. Und doch auch eine Liebesgeschichte, ganz einfach, in der eine Frau alles auf einen Mann setzte, dessen Maske sie mit einem ihr schmeichelnden Spiegel verwechselte. Während Angela in ihrem widersprüchlichen Diskurs den Knoten ihrer Geschichte zu lösen versucht, wobei die zwei anderen Protagonisten – Miguel und Ingrid – ausschließlich durch ihre Spiegel bzw. Zerrspiegel gesehen werden, stellt sie ihre Leser vor die Frage, wessen Liebe selbstsüchtig war. Was eigentlich Liebe denn sei.

Carme Riera, geboren 1948 auf Mallorca, ist heute eine der bekanntesten katalanisch/spanischen Schriftstellerinnen ihrer Generation. Ihr erstes Buch, der 1975 erschienene Erzählband »Und laß als Pfand, mein Liebling, Dir das Meer«, wurde ein Bestseller. Ihr seitdem entstandenes Werk – Romane, Erzählungen, Essays – ist mit den angesehensten katalanischen und spanischen Literaturpreisen ausgezeichnet worden. Carme Riera ist Professorin für Literatur an der »Universidad Autónoma de Barcelona«, der Stadt, in der sie heute mit ihrer Familie lebt.

Carme Riera

Selbstsüchtige Liebe

Novelle

Aus dem Spanischen
und mit einem Nachwort von
Rosemarie Bollinger

Fischer Taschenbuch Verlag

Die Frau in der Gesellschaft
Lektorat: Ingeborg Mues

Deutsche Erstausgabe
Veröffentlicht im Fischer Taschenbuch Verlag GmbH,
Frankfurt am Main, Mai 1993

Titel der spanischen Originalausgabe:
»Cuestión de amor propio«
Erschienen bei Tusquets Editores 1988

Umschlaggestaltung: Ingrid Hensinger, Hamburg
Gesamtherstellung: Clausen & Bosse, Leck
Printed in Germany
ISBN 3-596-11096-3

Gedruckt auf chlor- und säurefreiem Papier

Für Francesc, immer

»Oh innoble servidumbre de amar seres humanos,
y la más innoble
que es amarse a sí mismo!«

Oh, die unwürdige Knechtschaft, Menschen zu lieben,
und die unwürdigste,
sich selbst zu lieben.

Jaime Gil de Biedma

Vallvidrera, den 23. Oktober 1986

Liebe Ingrid,

Du hast recht. Ich akzeptiere Dein hartes Ultimatum. Du willst also nie wieder etwas mit mir zu tun haben, wenn ich Dir nicht sofort antworte und Dir – in allen Einzelheiten – die Gründe erkläre, die mich dahin brachten, Dich so lange ohne Nachricht zu lassen. Du siehst, ich schreibe Dir sofort – Dein Brief kam vorgestern –, und ich beginne damit, Dich zu bitten, mir zu verzeihen. Ein Jahr, das weiß ich, ist eine zu lange Zeit, um ein Recht auf Asyl im Schweigen vorzuschützen, zumal Du mir keinen Grund dafür gegeben hast. Ganz im Gegenteil. Bitte, glaube mir, ich habe Deine Briefe immer wieder gelesen, habe Dir in Gedanken viele Male geantwortet, an den undenkbarsten Orten, manchmal in der Hoffnung, daß Du, die Du mich so gut kennst, trotz der Tausende von Kilometern, die uns trennen, merken würdest, daß mein obsessiver und fast immer ausufernder Monolog an niemanden als nur an Dich gerichtet war, um Dir ein Lebenszeichen, ganz besonders, um Dir ein Zeichen meiner Liebe zu geben.

Vor gut einer Woche war ich beinahe so weit, in ein Flugzeug zu steigen, einfach, um ein paar Stunden mit Dir zu verbringen, mein Gewissen zu erleichtern und, nachdem ich Dich um Rat gebeten hätte, in meinem Egoismus befreit, gestärkt zurückzukehren. Das herbstliche Licht der kurzen Dämmerung, die irisierenden Halbschatten gegen vier Uhr nachmittags, die Du so verabscheust, wären mir für einen Beginn der Vertraulichkeit günstiger erschienen als dieser steife, konventionelle Weg, den ich jetzt gehe und dem ich (so sehr die Feder helfen mag, die Du mir schenktest) nicht besonders traue; weil er nur Mittler ist und ohne die Komplizität der Stimme alle Nuancen schluckt, die ich in den Worten auszudrücken wünschte. Doch das Telefon behagt mir noch weniger: Es würde mich zwingen, mich kurz zu fassen; überstürzt, in wenigen Minuten zu sagen, wozu ich, ganz sicher, Stunden brauche, und, erschreckender Gedanke: der Apparat läutet im ungünstigen Augenblick und verkehrt meine Absicht in das Gegenteil. Ich verspreche Dir, mich anzustrengen, zu versuchen, deutlich zu schreiben. Denke nicht, daß mir das leichtfällt, daran gewöhnt, wie ich bin, für mich oder für meine Stenotypistin zu schreiben, die meine Handschrift gut kennt. Hinzu kommen könnte, daß die unausweichliche Scheu – Du kennst meine grenzenlose Schüchternheit – sich vielleicht der Undeutlichkeit als Kriegslist bediente, tauglich, eine imaginäre Verteidigungslinie zu errichten. Ich pflege mich des öfteren mit meiner miserablen Handschrift zu maskieren. Auf diese Weise zwinge ich die wenigen Menschen, mit denen ich korrespondiere, die wenigen, an denen mir wirklich liegt, mir etwas mehr Zeit zuzuwenden, wenn sie meine Botschaften zu entziffern versuchen. Dir gegenüber war es allerdings immer gerade umgekehrt; ich war immer, in jedem Augenblick bestrebt, offen zu sein und eindeutig, sogar in meiner Schrift. So daß Du die Schuld nicht auf diese – zugegebene – Schwäche schieben solltest, die ich gegen Dich nie anwandte, wenn meine Schriftzüge Dir jetzt manchmal Mühe machen. Schiebe es auf die unbewußten Schranken, die mein verschlossener Charakter mir schmiedet, um mit aller Gewalt hinauszuzögern, was ich Dir um jeden Preis anvertrauen möchte; mit Tintenklecksen oder doch so stockend, wie die Tinte durch diese alte Feder fließt, die ich so gerne gebrauche.

Neben all diesen Zweifeln will ich noch anfügen, daß die Landschaft, die ich sehe, so verschieden von der Deinen – und Du weißt, wie sehr das meine Stimmung beeinflußt –, es mir absolut nicht erleichtert, den richtigen, ehrlichen Ton zu finden. Den Ton, Dir zu sagen, was ich muß, ohne daß Du vor Langeweile gähnst. Wirklich, Ingrid, es beunruhigt mich, nicht die geeignete Form zu finden, durch die Du alles begreifst, was mir geschehen ist. Ich bin sicher, Du hast schon erraten, daß außerdem eine der Ursachen meiner verspäteten Antwort gerade auch die Angst war, vor Dir als schwach, wehrlos, voller Vorurteile und, vor allem, als lächerlich zu erscheinen.

Merkwürdig. Außer mich mit einem Haufen Verwünschungen anzuschreien, weil ich Dich so lange ohne Nachricht ließ, beschreibst Du mir in Deinem letzten Brief den Garten: »Das Licht hat die gleichen Kupfertöne wie damals, als Du herkamst, die Tannen, die wir zusammen pflanzten, sind sehr gewachsen, die Linden beginnen, sich zu entkleiden, und nur das Heidekraut blüht weiter. Du ahnst nicht, mit welch heiligster Inbrunst ich diese Blumen betrachte, die noch immer widerstehen! Schon morgen wird der Schnee alles bedecken, der Winter sich wie das Fell eines Eisbären über das ganze Land legen, und ich werde, wie jedes Jahr, sehnsüchtig verzweifelt an das Grün des Südens denken, an die Blumen des Südens glauben und an Euer Licht. Das Licht (die Aufklärung?), nicht von Norden kommend – wie Du mir, die Kritik Maragalls an

*L' intruse** nachäffend, spöttisch versicherst, immer dann, wenn ich mich wieder einmal beklage –, sondern vom Mittag, wo es die Konturen schärft und sie in aller Klarheit sichtbar macht.« Ja, liebste Ingrid, aber dieses wütende Licht des Südens kann manchmal, wie eben jetzt, zum Hindernis werden; nicht allein, weil es uns in die offenen Landschaften zieht, auf die Terrassen der Bars und Straßencafés, uns zu ungewollt Extrovertierten verfälschend, sondern auch, weil es uns in aller Strenge zerrissene Spitzen, Kanten und Auswüchse zeigt, uns ohne Möglichkeit der Täuschung in schärfster Deutlichkeit die Einsicht aufzwingt, daß die Dinge rauhe Konturen haben, die Pflanzen unebene Stiele und daß alles, oder fast alles, die Aggressivität des Messers zeigt, die schneidende Härte des Gravierstichels, wenn nicht die trotz ihrer Schönheit schreckliche Härte des Diamanten. Und aufgrund eben dieses mächtigen Lichtes scheint die ganze Welt, die wir wahrnehmen, sich senkrecht aufzurichten, als befinde sie sich in einer permanenten Erektion. Um wieviel erwünschter erscheinen mir da die großen grauen Regenwolken, mit der die Dämmerung über die nördlichen Lande hereinbricht, die verschwommenen ineinanderfließenden Töne, die uns die Dinge näher bringen und die Distanzen verkürzen. Die sanften Töne Eurer nebeligen Tage erscheinen mir viel wirtlicher, und sie rufen positive Klänge in mir wach, obwohl sie, das gebe ich zu, die Melancholie verstärken. Nein, Ingrid, weder assoziiere ich männliche Gottheiten mit dem Süden noch wohltätige Mondgöttinnen mit dem Norden. In keiner Weise. Aber selbst ein so misogyner Zeitgenosse wie Unamuno* sah – wie ich jetzt merke, zu Recht – eine Verbindung zwischen

* Anmerkungen auf S. 65 ff.

dem Desinteresse der Spanier für Memoiren und Epistolarien – alles, was er als Bekenntnisliteratur bezeichnete – und ihrem den überspitzten Ideen verhängnisvoll zugeneigten, eckigen Charakter, der, wie er notierte, eine Folge dieses furiosen mediterranen Lichtes sein könnte; dieses Lichtes, das ich so liebte, als für mich – und das ist schon sehr lange her – der Sommer die absolute Jahreszeit war.

Vielleicht war es all das, was mich diesen Brief mit Anspielungen auf die Schwierigkeiten, Dir in dieser Jahreszeit zu schreiben, beginnen ließ. Möglicherweise, weil meine Empfindungen sich besser mit den Niederungen des Alters vertragen, mit dem gemächlicheren Rhythmus und dem matteren Pulsschlag des Herbstes, während mich doch gleichzeitig die überschwengliche Großzügigkeit der Farben, mit der er die Landschaft versöhnt, auf eine besondere Weise bewegt – dieses Rot, das die Zweige der Vogelbeerbäume in Flammen setzt, die beinahe kupfern schimmernden Sträucher, die verschiedenen Grüntöne, die sich von Strohfarben erobern lassen, und die ganze verstreute ockerfarbene Wollust der zu Tausenden schon zu Boden gefallenen Blätter. Eine Schönheit, die so wechselhaft wie kurzlebig ist. Der Herbst ist hier viel flüchtiger als in Deinem Land. Ihm bleibt kaum Zeit, sich zu zeigen, eingezwängt zwischen einem Sommer, der sich in die Länge zieht wie ein unerwünschter Besuch – manchmal, wie im vorigen Jahr, bis in den November hinein –, und einem Winter, der plötzlich einbricht, unversöhnlich, Unterwerfung erzwingend wie ein Heer, dessen Strategie darin besteht, ein feindliches Territorium mit einem Überraschungsangriff einzunehmen. Vielleicht hat meine Vorliebe für das Morbide, die in letzter Zeit noch ausgeprägter wurde, mein Interesse für das Sterbende, Verlöschende mit dazu beigetragen, daß sich der Herbst in die mir liebste Jahreszeit verwandelt hat.

Außerdem, Gridi, hat die ganze Geschichte, die ich so sorgfältig mit dieser übertrieben langen Einleitung hinauszuzögern suche, in jenen Tagen begonnen und geendet, von denen der Kalender versichert, daß sie zum Herbst gehören, obwohl ein immer noch grausames Licht den Sommer zu verlängern schien und uns zwang, leichte Kleidung zu tragen, fast so wie jetzt.

Ich weiß, Ingrid. Ich sollte Abschweifungen meiden, sollte aufhören, wie die Katze um den heißen Brei zu schleichen, und zur Sache kommen. Vorher allerdings muß ich doch noch einmal wiederholen, was ich Dir so oft versichert habe: daß nur die Dinge es wert sind, zutiefst gelebt zu werden – alles riskierend, sollte es notwendig sein –, die wir fähig sind umzuwandeln, um ihrer Schönheit willen, um des Grades der Faszination willen, den sie für uns erreichten. In eine Erinnerung von solcher Schönheit, daß sie uns sogar die Möglichkeit böte, den Tod in die Flucht zu jagen.

Seit ich Kind war, ist mir das Gedächtnis alles gewesen, und ich glaube, daß die Kraft, die Erinnerungen immer sofort – ganz besonders in Schlüsselsituationen – ins Bewußtsein rufen zu können, um ihre dunkelsten Windungen zu erforschen, mich wenigstens teilweise dazu geführt hat zu schreiben. Verzeih, wenn ich auf dieser Facette bestehe, die Du schon kennst und die Dir mißfällt; aber ich will, daß sie Dir wirklich gegenwärtig ist, wenn der Augenblick kommt, mein Verhalten zu beurteilen, vorausgesetzt, daß ich fähig bin, Dir alles mit ausreichender Genauigkeit zu erklären. Zwar bin ich an den selbstverständlichen, den vertrauten Umgang mit Worten gewöhnt – Literatur ist kaum mehr als Worte; doch wenn ich auf sie zurückgreife, nicht um fremde Empfindungen zu beschreiben, nicht um fiktive Personen zu schaffen oder erdachte Handlungen zu konstruieren, wenn ich auf sie zurückgreife, um sie, meiner eigenen Realität entsprechend, in die erste Person einzusetzen, bin ich ungeschickt, stumpf, schwerfällig, erreiche nur mit Mühe, daß der Ausdruck genau dem Inhalt entspricht. Was ich schreibe oder sage, ist nur blasser Widerschein dessen, was ich ausdrücken will. Sogar noch jetzt, wo ich zu der Gelassenheit zurückgefunden habe, der ich so sehr bedurfte, jetzt, wo ich alles mit größerem Abstand sehe, nicht ohne eine gewisse Ironie und mit ausreichender Klarheit, um zu wissen, daß die quälende Angst des vergangenen Jahres – vor allem – von einer moralischen Krankheit herrührte, die mich dazu brachte – es sei dir nicht verheimlicht –, wie eine Besessene auszumessen, auszurechnen, welches Verhältnis zwischen Alkohol und Barbituraten ideal sei für die garantiert wirksame Mischung oder welcher Entfernung zwischen Fenster und Asphalt es bedürfe, um das erstrebte Resultat zu erzielen – sogar noch jetzt, obwohl schon fast ganz geheilt, befürchte ich, daß sich meine Worte nur schlecht den Empfindungen, Gefühlen und Ideen anpassen werden, die ich Dir beschreiben will, daß sie Dir vielleicht sogar schrill klingen würden.

Ich weiß, Ingrid, daß Du zu den wenigen Menschen in meinem Kreis gehörst, die fähig sind, diese Ängste zu verstehen. Unsere alte Freundschaft gab Dir das dazu notwendige Wissen. Du bist außerdem daran gewöhnt, Dich in der Sprache auszudrücken, und kennst also die Schrekken, das Wort nicht zu finden. Wenn Du zudem noch die Tatsache bedenkst, daß ich, solange meine Krankheit dauerte, unfähig war, auch nur eine Zeile zu schreiben, wirst Du den unermeßlichen Schaden, den sie mir zufügte, noch besser verstehen. Ich denke, daß meine Natur ihr eher widerstanden hätte, wenn ich sie mir mit achtzehn Jahren statt mit achtundvierzig zugezogen hätte, oder daß mein Organismus, wenn ich mich bei verschiedener Gelegenheit leicht angesteckt hätte, wie nach einer Impfung die notwendigen Antikörper entwickelt haben würde, um das Virus zu bekämpfen. Doch dieses Glück hatte ich nicht. Vielleicht hat meine in Schönheit gescheiterte Ehe – wie Jaime es auszudrücken beliebt, jedesmal, wenn ich ihn gelegentlich abends treffe –, vielleicht haben auch einige ebenfalls negative Jugenderfahrungen bei mir einen elementar körperlichen Abscheu vor jeder ernsthaften Bindung, gleich welcher Art, hervorgerufen. Ein seltsamer Instinkt hieß mich frühzeitig fliehen. Immer nahm ich an, daß meine Hingabe nicht in gleichem Maß erwidert werde, und ich kam mir lächerlich vor ohne einen anderen Horizont vor mir als ein Paar Augen, die mir möglicherweise nicht einmal wirklich ins Gesicht sehen würden. Diese Feigheit, oder wie Du das auch immer nennen willst, hat mir dazu gedient, mich gegen mögliche Abenteuer zu wappnen und mich im voraus vor künftigen Leiden zu schützen.

Ich erinnere sehr gut, daß Du mir während unserer langen Spaziergänge im Campus von Aarhus ab und zu meine kleinmütige Einstellung gegenüber der Liebe vorzuwerfen pflegtest, mir zu einer viel offeneren Haltung rietest, damit ich Sex einfach auch als einen Appetit ansehen könne, als ein Bedürfnis, das befriedigt werden müsse, um sowohl das Physische als auch das Mentale im Gleichgewicht zu halten. Für Dich ist der intime Kontakt mit anderen Körpern bereichernd und der Genuß ein Mittel, die Mängel des Lebens auszugleichen, ganz abgesehen davon, daß er für Dich eine der gültigsten Formen darstellt, die Wirklichkeit zu erkennen. Ich hingegen gehöre jenem Typus von Frauen an – einer Spezies, die am Aussterben ist –, der unfähig ist, sich umarmen zu lassen, ohne verliebt zu sein, und ich würde niemals, so wie Du, ein Buch »den Männern und Frauen meines Lebens« widmen können – um dazu noch eine lange Liste ihrer Namen aufzustellen: in der Reihenfolge ihrer Intervention, wie Du anmerktest.

Von den Kritiken über *Innenansicht mit Figuren* bewahre ich noch immer die auf, die Du mir privat, in einem mir teuren Brief, schriebst: »Deine Romane«, sagtest Du, »würden viel gewinnen, wenn Du in der Lage wärst, die Probleme Deines Sexuallebens für Dich selbst zu lösen und nicht über die Orgasmen Deiner Personen; wenn Du in der Lage wärst, die Begierde mit Natürlichkeit und ohne Vorbehalte zu akzeptieren. Ich möchte nicht einen meiner Liebhaber missen, nicht einmal jene, deren Gesichter und Körper ich vergaß. Alle trugen zu positiven Erfahrungen bei, alle haben mein Leben bereichert...«

Die tausend Kilometer, die uns trennen, das ganz andere Licht, das, angesichts des Mittelmeers, zum heidnischen Genuß ohne Reue einzuladen scheint, läßt uns diese Fragen vielleicht anders als Du sehen; entgegen allem, was zu erwarten wäre, weil allzu selbstverständlich zu erwarten, hat dieses Licht jedenfalls mein Desinteresse an Sex noch verstärkt. Was ich wirklich suche – und ich bin fast sicher, daß die meisten Frauen meiner Generation es ebenso suchen oder suchten –, ist Zärtlichkeit. Diese Empfindung, die uns das Blau im immer grünen Garten der Kindheit zurückgibt; den Garten, in dem jedweder Alptraum wie durch Zauberhand verschwand, vertrieben von der sanften Stimme von Mama, die uns einhüllte. Jedoch gelangten viele von uns – gerade die Kämpferischen, die wir für intelligenter galten – dahin, uns dieses Verlangens nach Zärtlichkeit zu schämen. Es schien uns ein Merkmal weiblicher Schwäche zu sein, und wir zogen es vor, gegenüber anderen, ganz besonders gegenüber Männern, kalt, stark und selbstbewußt zu erscheinen. Und wenn ich schon vor dem Gitter des Beichtstuhles knie – diesem riesigen Sieb, das Schuld und Strafe filtert –, füge ich – nur für Dich – hinzu, daß zu dem, was ich mir mein Leben lang am sehnsüchtigsten gewünscht habe, auch gehört, daß jemand Kleine zu mir sagt, mich Kindchen nennt, während er mich in die Arme schließt; und ich muß zugeben, auch wenn dabei ernst zu nehmende Risse meiner feministischen Prinzipien zutage treten und mein Gewissen sich als gar zu flexibel erweist, daß ich es nicht nur akzeptierte, sondern wünschte, kleingemacht, zur Sache gemacht, vielleicht fast wünschte, gedemütigt zu werden.

Du kannst es glauben, wenn ich Dir sage, daß zwischen meinem Bruch mit Jaime und dem vergangenen November sieben Jahre vergingen, in denen ich mit niemandem schlief, ohne mich deshalb auch nur im geringsten schlecht oder frustriert zu fühlen. Die Wärme eines anderen Körpers im Bett aber, das, wenn auch nur flüchtige, Streifen einer anderen Haut, während du schläfst, ich habe es schmerzhaft vermißt. Und schwieriger als die Gesellschaft war es, das Miteinander entbehren zu müssen, eine gemeinsame Verteidigung gegen die Engherzigkeit und Armseligkeiten des Lebens, die zu zweit leichter zu tragen sind. Und selbst jetzt, nachdem ich die mächtigen Forderungen des Begehrens wiederentdeckte – die dunkle Verbindung, die wir im Moment der vollkommenen Selbstvergessenheit, der absoluten Hingabe mit der Ewigkeit aufnehmen und die uns einen Augenblick lang beinahe schwerelos macht –, selbst jetzt denke ich noch immer so. Wäre ich bei Dir, im Wohnzimmer Deines Hauses in

Stjaer, würdest Du nicht eine Sekunde zögern, mir zu erwidern, daß diese beglückenden Empfindungen, auf die ich eben anspielte, ausschließlich aus dem Genuß entstehen und daß der wiederum allein mit der Biochemie etwas zu tun habe, daß alles andere nichts weiter sei als der Putz, mit dem konventionelle Personen wie ich die menschliche Animalität zu veredeln suchen. Möglicherweise hast Du recht, und alles läßt sich tatsächlich auf Hormone reduzieren, auf gute Funktion einer Reihe von Drüsen, unsichtbare Stimulation, Liebeswerben und Liebestanz, durch gewisse Strömungen unmerklich vermittelt. Und trotz alledem – ich habe mich niemals hingegeben, ohne ganz sicher zu sein, daß andere, weniger biologische als seelische oder geistige Aspekte meines Selbst – ich weiß, daß Du beide Begriffe verabscheust, doch andere habe ich nicht – ebenfalls ins Spiel kamen, in die Fusion, die wunderbare Konfusion. Auch dieses Mal nahm ich nicht den chemischen Anreiz wahr, hingegen den Augenblick, in dem der Gott und Schütze seine goldenen Pfeile verschoß und – nach der Katastrophe, die uns zu einer unendlich langen Spaltung verurteilt hatte – die verlorene Hälfte sich endlich wieder mit mir verband. Die Welt – ich weiß, es ist ein Gemeinplatz, es so zu sagen, aber es war so –, die Welt gewann ihren vollkommenen Sinn; einen ursprünglichen, nicht gewohnten, harmonischen Sinn. Und die mehr oder minder geglückten Phrasen, mit denen ich in Interviews und Diskussionsrunden um mich zu werfen pflegte, Sätze wie: »Alles Schreiben ist ein Brief der Liebe« – »Ich schreibe, damit man mich liebt« – »Unsere Sehnsucht nach Unsterblichkeit gibt uns gleichermaßen den Anstoß zur Liebe wie zur schöpferischen Arbeit« – »Ein Text ist nicht mehr als ein Prätext zur Liebe« ..., sie hatten, endlich, den einzigen Adressaten gefunden, auf den es mir ankam; ein

Du, das von nun an meine Existenz rechtfertigen würde und für das ich, unwissentlich, soviel Nichtgelebtes aufbewahrt hatte, in einer wenn auch nicht physischen, so doch geistigen Jungfräulichkeit. Zumal ich doch noch niemals für einen Menschen ein größeres Interesse gefühlt hatte und noch nie auf eine so absolute Weise entrückt, so außer mir war. Unsere Übereinstimmung, die von ähnlichen Erfahrungen herrühren mochte, von einer vergleichbaren Erziehung – als ich geboren wurde, war er fünf Jahre alt –, erschien mir als ein weiterer Beweis unserer schicksalhaften Vorherbestimmung. Wir bevorzugten nicht nur dieselben Autoren, Maler oder Musiker; uns gefielen außerdem dieselben Bücher, Bilder und Symphonien; sogar die einzelnen Passagen, Pinselstriche oder Tempi, die uns beeindruckten, waren dieselben. Auch unser Geschmack in den eher alltäglichen Dingen – Speisen, Einrichtungen oder die Art, sich zu kleiden – war sich ähnlich, ebenso unsere Faszination für die verhangenen Küsten Nordeuropas, zu denen wir zu reisen gedachten, sobald es uns möglich wäre. Du hättest ihn kennengelernt, wären unsere Pläne Realität geworden, da mein Bestehen auf einem Besuch Deines Landes einiges mit meiner Lust zu tun hatte, Euch miteinander bekannt zu machen. Oder was ich eigentlich wirklich wollte – denn ihr wart einander ja bekannt, auch wenn Du es nicht wußtest –, war für ihn Dein *nihil obstat* und daß Du wenigstens einmal stolz auf mich wärst, mich, die ich endlich fähig gewesen war, die Literatur beiseite zu lassen und auf das Leben zu setzen.

Mein Wunsch, Dich zu überraschen, war so stark, daß ich beschloß, Dir nicht zu schreiben, nichts von der *Affäre* zu erzählen; um ganz plötzlich, mit meinem Liebhaber als Gewand, aufzutauchen wie Du in jenem Sommer in Tossa, als Du mit Andreas erschienst und Jaime und mich mit erfrischender Unverfrorenheit fragtest: »Denkt ihr, daß er mir steht?« Ich war sicher, daß Du Miguel bezaubernd finden und mir darin beipflichten würdest, daß er mir fabelhaft stehe, und ich sah sogleich uns drei vor mir, wie wir im Wohnzimmer am Kamin miteinander redeten und pausenlos redeten, eingeschlossen von einem nicht endenden Gespräch. Es ist möglich, daß dieses nicht endende Gespräch schon sehr bald stattfindet, natürlich jetzt nur zwischen Euch zweien, weil Miguel – ein Name, ihm angemessen, wirklich der seine, Du wirst es sehen –, weil Miguel innerhalb eines Monats die skandinavischen Länder besuchen wird. Doch ich will den Dingen nicht vorgreifen.

Im letzten Brief, den ich Dir vor mehr als einem Jahr schrieb, kündigte ich Dir, glaube ich, an, daß ich an einem Schriftstellerkongreß teilnehmen würde, der in Valencia stattfand. Eigentlich hatte ich keine besondere Lust. Wenn ich hinfuhr, so darum, weil ich einen jährlichen Zeitverlust für derartige Verpflichtungen einzuplanen pflege; weniger aus persönlicher Neigung als auf Rat meines Verlegers, der, und er tut gut daran, von der Wichtigkeit und Macht der Publizität überzeugt ist, die derartige Veranstaltungen begleitet. Schriftsteller interessieren mich, von seltenen Ausnahmen abgesehen, wenig, obwohl ich sie in meiner Jugend mit einem ehrfürchtigen Kult umgab. Ich sammelte nicht nur Autogramme in einem makellosen Heft, ich unterhielt auch einen Briefwechsel mit mehreren von ihnen, und, noch schlimmer, insgeheim träumte ich davon, irgendeine vielversprechende junge Hoffnung zu heiraten, ein noch unverstandenes Talent, dem ich zu siegen helfen würde. Dank dem Ansporn durch mich würden der Ruhm und das Glück ihn dann bald wie in einer Sänfte tragen und unter einem Baldachin in die Akademie einführen – nachdem er die Avantgarde erneuert hätte. Die Tatsache, daß Jaime, als der gute Wirtschaftsfachmann, der er als Bankier ist, sein Interesse allein auf zu Protest gehende Wechsel konzentrierte, erleichterte mir die Sache nicht, und vielleicht hat es mich in gewisser Weise dazu motiviert, mit dem Schreiben anzufangen. Seit damals, und besonders nach der guten Aufnahme meines zweiten Buches, nahm meine Faszination für die Schriftsteller, für ihre Fähigkeit zu schreiben stetig ab, bis sie fast ganz verschwand. Ich unterhalte keine besonders guten Beziehungen zu mir selbst, so daß ich dem, was ich imstande bin zu tun, kaum einen Wert beimesse, auch wenn, was in Valencia geschah, jetzt vielleicht teilweise im Widerspruch zu diesen Feststellungen zu stehen scheint. Weil meine ganze Bereitschaft zu staunen, zu bewundern, die ich verloren glaubte, angesichts der Geschicklichkeit eines Wortezauberers wieder auferstand, als Miguel im Goldenen Saal der Lonja, der Alten Seidenhalle von Valencia, das Wort ergriff. Der Magier meiner Jungmädchenzeit, der Taschenspieler, der aus dem Zylinder einen Taubenschwarm hervorholt, Tücher im Nu verknotet und entknotet, um in der Apotheose seinen Adjutanten zu köpfen und in der Kürze eines Augenzwinkerns Kopf und Körper wieder zu vereinen mit Hilfe von kaum mehr als ein paar Wörtern – er stand erneut vor mir, im Applaus glücklich einsgeworden mit dem Publikum. Der Erfolg wiederholte sich am nächsten Tag. Sein Vortrag war der brillanteste, luzideste und abgerundetste unter allen, die ich hörte. Obwohl ich sein Werk recht gut kannte – nicht ohne Grund war er, nein, ist er einer der von der Kritik am besten behandelten Modeschriftsteller –, obwohl ich die anmaßende Schärfe seiner öffentlichen Erklärungen bewunderte, war er mir nie vorgestellt worden. Ich bat auch dieses Mal niemanden darum. Mit einer Sicherheit, die mich selbst in Erstaunen setzte, beschloß ich, alle Mittel einzusetzen, damit er es wäre, der sich für mich interessierte, ohne Vermittler. Und was mir Neugierde gewesen war, wandelte sich allmählich in Verzauberung.

In dem Kolloquium jenes Nachmittags sprach man über den Einfluß der Literatur des 19. Jahrhunderts auf den zeitgenössischen Roman und, konkret, über die Rolle von *La Regenta (Die Präsidentin)*. Die Beiträge lösten einander eher zäh als geistreich ab, bis Miguel an die Reihe kam. Mit der Geschicklichkeit eines Scherenschleifers vertrat er die Idee, daß in der spanischen Erzählkunst hier zum ersten Mal sexuellen Aspekten Rechnung getragen worden sei. In keinem anderen realistischen Roman werde der Erotik eine solche Bedeutung zugemessen, und dieser Triumph der Materie über den Geist erlaube ihm, darauf hinzuweisen, daß wir Clarín* die sauerstoffhaltige europäische Luft verdankten, die gegen Ende des Jahrhunderts mit dem Naturalismus endlich nach Spanien dringen konnte. Das Problem der Ana Ozores, das Problem aller Ana Ozores jener Epoche, sei nicht die Unangepaßtheit der Persönlichkeit gewesen, sondern die unbefriedigte Libido.

Nachdem ich ihm zugehört hatte, kam ich zu dem Schluß, daß die beste Art, seine Aufmerksamkeit zu erregen, der Widerspruch sei. Mit der Kraftanstrengung eines Schwindsüchtigen, der einen Hustenanfall unterdrückt, hob ich die Hand, das Wort erbittend, und ich widerlegte Miguel. Nach meiner Auffassung rührten alle Frustrationen der Ana Ozores aus ihrer Kindheit her, aus dem Mangel an Zuwendung, mit dem sie aufwuchs; darum ist das Abenteuer mit Germán in der Fähre von Trébol, das zur Herausbildung des Determinismus der Gestalt beiträgt, von entscheidender Bedeutung. Was in jener Nacht zwischen den Kindern geschah, ist eine der wenigen glücklichen Erinnerungen der Ana Ozores: Zum ersten Mal erzählt ihr jemand eine Geschichte, und, ebenfalls zum ersten Mal, deckt jemand sie zu, bevor er sich an ihrer Seite schlafen legt. Bis dahin war Ana nichts anderes geblieben, als sich selbst Einschlafgeschichten zu erzählen, auf die eigene Phantasie zurückzugreifen, um sich nicht allein zu fühlen. Das ganze Leben der *Präsidentin* wird von diesen Sehnsüchten beherrscht, sehr viel stärker als von der Suche nach sexueller Erfüllung. Ihre Hingabe an den Taugenichts Mesía wächst aus ihrer Sicherheit, daß er ihr jede Nacht, nachdem er sie geliebt, nachdem er sie zugedeckt hat, eine andere Geschichte erzählt.

Meine Intervention überraschte ihn. Wir diskutierten, um uns die gespannte Erwartung der Kollegen, denen mein unscheinbares Äußeres als unvereinbar mit dem schneidenden Ton meiner Ausführungen erscheinen mußte. Miguel gab mir am Ende sibyllinisch zu verstehen, daß meine Argumente eine gewisse, sehr weibliche Neigung verrieten – und er sagte dies betont komplizenhaft –, die mächtigen sexuellen Kräfte in Fesseln zu legen. Doch ich entgegnete und erntete damit einigen Applaus, schüchternen zwar, aber immerhin, daß allein wir Frauen in der Lage wären zu entscheiden, ob wir uns, nicht wie Götter, wie Göttinnen – sagte ich mit Nachdruck – durch den Orgasmus fühlen können oder einfach durch die Zärtlichkeit.

Als ich zur Zeit des Abendessens den Speisesaal des Hotels betrat, wußte ich, daß mein Glück besiegelt war. Er hatte mir nicht nur einen Platz an seinem Tisch freigehalten, er überschlug sich auch mit Komplimenten: Noch nie sei ihm ein so gleichwertiger Gesprächspartner begegnet. Ich sei die interessanteste Person des Kongresses, die erste

Frau, die ihm in einer öffentlichen Debatte den Punkt auf das i gesetzt habe; und außerdem habe er mein Werk gelesen... Niemals hatte ich mich meiner selbst so sicher gefühlt, niemals war ich so entschlossen gewesen zu kämpfen, damit diese Gelegenheit nicht ungenutzt verstreiche. Und statt die Anziehungskraft, die er auf mich ausübte, zu verhehlen, entschied ich mich dafür, sie ihm zu zeigen, unverhüllt, in aller Natürlichkeit.

Wir tranken den Kaffee nicht mit den anderen, sondern allein, in einer irrwitzigen Straßenkneipe in der Malvarrosa, dem Alten Viertel. Die Nacht war lau, verführerisch, wie geschaffen für Enthüllungen von der Gürtellinie abwärts, doch wir mieden beide die Vertraulichkeiten und hielten uns an berufliche Themen. Wir sprachen über Clarín und Galdós*, über Literatur und Moral und diskutierten dann, ich weiß nicht recht, wie wir darauf kamen, über die Skrupel, die Schriftsteller im Verlauf der Literaturgeschichte immer dann überkamen, wenn es notwendig wurde, Frauen von mehr als dreißig Jahren als verliebte Protagonistinnen darzustellen.

– Die literarischen Konventionen setzen als gegeben voraus, daß, beginnend mit einer gewissen Reife, nichts mehr geschieht, das wert wäre, erzählt zu werden.

Doch Miguel erwiderte, daß der beste spanische Roman eine Gestalt zum Helden habe, die fast fünfzig war.

– In jedem Fall ist dein Beispiel die Ausnahme, welche die Regel bestätigt. Denn um sich in die Person zu verwandeln, die er sein möchte, in den fahrenden Ritter, ändert Alonso Quijano seinen Namen, seinen Stand, seine Lebensumstände, und – auch wenn Cervantes es nicht sagt, so ergibt es sich doch aus dem Zusammenhang – er glaubt sich jung. Und du wirst mir darin beipflichten, daß, allgemein gesprochen, im spanischen Roman an alten Personen nicht gerade Überfluß herrscht, insbesondere dann nicht, wenn es sich um Frauen handelt.

– Und was fangen wir mit *Doña Perfecta* an? Oder mit *Misericordia*?

– Gerade Doña Perfecta singt mein Lied, ist sie doch ein Paradigma des verstockten Konservatismus und der Dummheit, die die reifen weiblichen Figuren zu verkörpern pflegen. Achte doch mal darauf, wie selbst im Fall der Nebenpersonen die Alten – die Mütter, Tanten, Großmütter, Schwiegermütter – in den meisten Fällen übellaunig zu sein pflegen und heuchlerisch geizig, mürrisch, ranzig, oder sie figurieren als Hindernisse für den Sieg der Jugend.

Miguel hörte mir mit dem Interesse des Angeklagten zu, der für den nächsten Augenblick einen Urteilsspruch erwartet, der ihn das Leben kosten könnte.

In koketter Absicht fügte ich hinzu:

– Die Liebe ist das Opium der Frauen, wie man weiß, allerdings nur das Opium der jungen...

Er protestierte mit einer liebenswürdigen Trivialität, während er meine Hand an seine Lippen führte.

Während der fünf Tage, die der Kongreß dauerte, trennten wir uns kaum. Ich könnte Dir noch heute jene *tour sentimental* auf dem Stadtplan von Valencia nachzeichnen, die nichts zu tun hatte mit dem, was gemeinhin zu erwarten wäre, folgte man den üblichen Reiseführern voller barocker Überraschungen und verborgener gotischer Portale, einiges dagegen mit den großen Avenuen, ihrem wahnsinnigen Verkehr, mit der ihnen eigenen düsteren Häßlichkeit, den Avenuen, die ich mich mühte, mit größtmöglicher Häufigkeit zu überqueren, um auf meinem Ellenbogen den leichten Druck seiner Hand zu spüren. Ich könnte Dir auch die Lage der Bars aufzeichnen, die wir im

Alten Viertel frequentierten, gedrängt voll, auch noch zu spätester Stunde, und mit Bänken, die es erlaubten, ganz eng zusammenzusitzen, in der Promiskuität von Beinen und Schenkeln, während wir ein bißchen über das Göttliche und viel über das Menschliche redeten. Dort, an einem jener schmierigen Tischchen, schon an der Grenze zwischen Nacht und Tag, als die rücksichtslose Morgenröte die Scheiben mit Lichtfäden wie mit einem Spinnennetz zu überziehen begann – in der Stunde der überwältigenden Müdigkeit und der besiegten Gläser –, zeichneten seine Finger zum ersten Mal, scheinbar achtlos, Hieroglyphen auf meine Hand, kabbalistische Zeichen auf meinen Arm, um mit der Behutsamkeit des Goldschmieds auf meinem Gesicht und auf meinem Haar haltzumachen. Und diese Stunde des ersten Morgenlichts, die ich immer gehaßt hatte, vielleicht, weil sie allzulange (während meiner Jahre als Internatsschülerin) mit dem Schrillen der Wecker und den eisigen Duschen zusammenfiel und später mit dem Ende jedes schönen Festes – diese Stunde verwandelte sich nun ganz plötzlich in die wunderbarste unter allen, die ich je erinnern werde, in die Lieblingsstunde.

Tagsüber, wenn wir mit den normalen Sterblichen an den literarischen Sitzungen teilnahmen, die der Leiter der Veranstaltungen uns mit preußischer Disziplin aufzwang, einer Disziplin, die er akademisch zu nennen beliebte, hatte ich das Gefühl, ein geheimes Leben mit Miguel zu teilen, ein intensives und komplexes Leben, das uns von dem Rest der Welt absonderte. Zurückgezogen in die letzten Reihen des jeweiligen Konferenzraums, flüsterten wir uns Bemerkungen zu, die nichts mit dem zu tun hatten, was wir gerade hörten, oder wir tauschten Zettelchen aus, die als alberne Notizen begannen, um, das war seine Entscheidung, als »Gründungs-Akte unserer Liebe« zu enden, als wertvollste Dokumente für unsere künftigen Biographen, die er sich zur Aufgabe machen wollte, aufzubewahren. Darüber hinaus begannen wir eine Erzählung *a duo*, in der wir Passagen austauschten, als wären wir die gleiche Projektion, Spiegel im Spiegel.

> *Plena de seny, donau-me una crosta*
> *del vostre pa, que em lleve l'amargor*
> *de tot manjar m'ha pres gran desabor*
> *si no d'aquel que molt me costa.*
>
> Kluge Dame, ich bitte um ein Stückchen
> euren trocken Brotes, Heilung der Bitternisse;
> keine Speise mundet mir mehr
> außer jener, die mich viel Liebe kostet.

Ausías March* schrieb ihm das Rezept, und der gleisnerische Widerschein des Septembermondes im Meer erledigte den Rest. Obgleich es keinen heiseren Gesang gab, der Wind in keinen Segeln seufzte und wir uns nicht am Heck eines Korsarenschiffs befanden, hat seine Stimme wohl piratenhaft in meinem Ohr geklungen und freibeuterisch erst recht seine Worte.

– Diese geborgten Verse dienen besser, als meine armseligen Worte es je könnten, alles zu sagen, was du mich fühlen läßt.

Und während er mich, mich lächerlich verblendeten Schmetterling, verbrannte im aschgrauen Licht seiner Augen, fuhr seine für die Gelegenheit besonders samtige Stimme fort, samtschmachtend in mein Ohr zu dringen.

– Mein Verlangen nach dir ist immenser als der Ozean und tiefer als seine abgründigsten Abgründe. Ich werde dich lieben, solange ich lebe, weil niemand so wie du in mein Innerstes gedrungen ist, mich jemals so tief ergründete. Darum will ich für dich besser werden, von Tag zu Tag besser werden...

Phrasen, Ingrid, Du siehst es ja, hochtönender Kitsch. Worte, die nach dem Mief verschwitzter Priesterschüler rochen und nach Sakristeirhetorik klangen – mir aber gingen sie wie Honig ein; vielleicht, weil ich nicht erst seit einer Woche auf sie gewartet hatte, sondern seit Monaten oder Jahren oder seit immer; und weil ich sie von jemandem hörte, den ich als Schriftstellerin, als Mittel, um in meinem Schatten emporzukommen, nicht interessieren konnte, dazu, angesichts meines Alters, auch nicht geeignet als Trophäe, um mit ihr anzugeben. Meine Deklassierung nach der Scheidung, mein Abscheu vor der Politik und das Fehlen jeglichen Ehrgeizes in dieser Richtung waren ebensowenig geschaffen, einen Opportunisten zu blenden. Es war vielmehr ich, die, im Fall eines Falles, aus Miguels Stellung in dieser kulturellen Miniwelt hätte Nutzen ziehen können, zumal er gerade einen Monat, bevor ich ihn kennenlernte, zum Direktor der Stiftung zur Förderung der Kultur ernannt worden war, zweifellos eine der wichtigsten Stiftungen unseres Landes.

Verlasse mich jetzt nicht, liebe Ingrid, nur wenn ich Dich nahe weiß, werde ich fähig sein, die Stöße der Erinnerung anzunehmen, auszuhalten, die mir so obsessiv, ganz besonders im letzten Winter, meine Bilder dieser Zeit wiedergaben; die mir mit dem zurückweichenden Meer und einem friedlichen Strand die Spur unserer im Gleichschritt geeinten Füße auf dem feuchten Sand zurückbrachten und die ineinandergeschlungenen Schatten unserer Körper. Und ich griff weder nach Ausías March noch nach Pere Serafí* oder Jordi de Sant Jordi*. Ich trachtete nicht, Text und Kontext einander anzupassen. Ich nahm Worte von Salinas*, die, in mein Gedächtnis eingehämmert, häufig in mir angeklungen waren und die ich vielleicht seit immer bewahrt hatte für eine solche Gelegenheit; denn sie faßten genau meinen Seelenzustand; auch wenn sie eine Leihgabe waren, ein Zitat, erlaubten sie mir, der literarischen Stimmung zu folgen, die er, Salinas, eröffnet hatte:

Miedo de tí.
Quererte es el más alto riesgo.

Angst vor dir.
Dich zu lieben ist das höchste Wagnis.

Ich hatte Angst, Ingrid, Angst vor allem oder fast allem. Angst vor meinem Alter, meinem Körper, der, nicht gerade in seiner Blütezeit, überall bis in die intimsten Spalten, in die verstecktesten Windungen die schrecklichen Liebkosungen der Tage aufwies und in dessen verletzlichsten Zonen die Jahre gewalttätig gewütet hatten. Die größte Angst hatte ich vor meinem Gesicht, das die Verlassenheit ohne Liebe nackt zeigen würde, ohne die Schminke, die die scharfen Kerben um den Mund verbirgt, der jetzt endgültig wie zwischen Klammern gesetzt aussieht, ohne die Zuflucht der schützenden Schatten, die die Tränensäcke, die Ringe unter den Augen und die Fältchen verdecken, ohne die Hilfe des Korrekturstiftes, der die Spuren der Füße eines ganzen Krähenschwarms verwischt. Ich hatte Angst; Angst, die Hingabe zu überstürzen, mich auszuliefern.

Mein Flugzeug ging bei Tagesanbruch. Uns blieben vier Stunden, nicht die notwendige Zeitspanne, um den Verkehr nach dem Ritual zu vollziehen, das ich zu bestimmen gedachte. Ich wollte, vielleicht, um meinen physischen Zerfall auszugleichen, ein Erfahrensein vorspiegeln, das ich nicht hatte, wollte ihm die Möglichkeit bieten, die Territorien der Wollust gemeinsam mit mir zu erforschen, auf den Wegen verweilend, so daß das Vorspiel so lange währe, wie der Genuß intensiv sein würde. Darum also bat ich ihn an der Tür meines Zimmers, es für ein späteres, endgültiges Treffen zu lassen.

Es ist, glaube ich, nicht nötig, Dir zu sagen, daß ich kein Auge zugemacht habe. Die Laken auf der Haut zu spüren machte mich rasend, ich brauchte die Berührung seines Körpers, die süße Schwäche seiner Hände auf meiner Taille, den gefährlichen Brand seiner Lippen auf meinem Mund und seine verzaubernde Stimme an meinem Ohr, auch wenn er mir nur weiter von seiner Arbeit oder von seiner Familie erzählen würde – wie intelligent seine Kinder seien, daß er mit dem Frauchen, seiner Frau, nur die alltäglichen Beziehungen des tristen Zusammenlebens unterhielte. Natürlich. Ich war nahe dran, ihn anzurufen, ihn zu bitten, daß er komme, oder in sein Zimmer zu gehen, mich einfach an seine Seite zu schmiegen, gierig Unterschlupf zu verlangen. Wenn ich doch nicht dahin kam, es zu tun, dann nur, weil ich mir niemals verziehen hätte, wenn Überstürzung mein Scheitern verursachen würde, als hätte ich aus purer Unachtsamkeit ein Tintenfaß über kostbaren Inkunabeln umgeworfen.

Wenn Du jetzt noch weiterliest, Ingrid, wenn Du nicht an Ermüdung gestorben bist, dann wirst Du, das weiß ich, vor Zorn außer Dir sein. Und das erstaunt mich nicht. Ich bin es heute auch, wo ich mir meiner Dummheit klar bewußt bin, sehe, wie lächerlich ich ihm erscheinen mußte, mein möglichstes zu tun, seine Sammlung an Kitschpostkarten – Vollmond, ruhendes Meer plus Liebeserklärung – zu vermehren, ohne auf die Idee zu kommen, daß es solcherart Karten bereits in vielfacher Ausfertigung geben müsse; mich so zu verhalten, als sei ich fünfzehn, aber nicht im Jahre 1985, sondern im vorigen Jahrhundert; in der Blütezeit der Romantik, in der die Günderode Selbstmord verübte und Schubert seine sklerotischen Lieder komponierte. Du wirst aber, für den Augenblick, Deinen Unmut zurückstellen müssen, liebste Freundin, und Deine Vorwürfe für später aufheben, denn ich machte noch viel ungeheuerlichere Fehler. Streite dann mit mir, soviel Du willst. Schrei mich an, wie sonst auch. Ich bin bereit, jede Strafe auf mich zu nehmen, die Du für richtig befinden magst; ganz besonders dann, wenn Du mir den Gefallen tust, den ich mit diesem ellenlangen Brief versuchen werde, von Dir zu erbitten, dessen Umfang Dich vielleicht entschädigen könnte für seine fürchterliche Kakophonie. Damit du vollständig über meine Person unterrichtet bist, fahre ich nun also fort, mich anzustrengen, das Gedächtnis nicht mit meinen Erinnerungen, sondern mit den Tatsachen in Übereinstimmung zu bringen. Ich fürchte nur, daß das Erinnern nach so vielem Betasten und Drehen und Wenden im Verlauf des Jahres doch nur unzureichend mit den wirklich gelebten Situationen korrespondiert, daß es mir nicht mit der notwendigen Schärfe wiedergegeben wird, sondern besänftigt durch die Zeit.

Tatsächlich ist eine der schmerzlichsten Folgen dieser Geschichte die Unmöglichkeit gewesen, einige ihrer positiven Aspekte zurückzugewinnen. Ich verbrachte die ersten Monate meiner Krankheit mit dem Versuch, mich des Bebens meiner Hand in den seinen wieder zu erinnern, seiner Hände – Wiege und Höhle –, von denen ich glaubte, daß sie nach dem Maß meiner Müdigkeit und meines Durstes geschaffen worden seien; oder des Geschmacks seiner Küsse, in denen ich alle Küsse vergaß, die nicht von seinem Munde gekommen waren. Aber das feindselige Gedächtnis gab mir keine wohltuenden Empfindungen zurück.

Ganz im Gegenteil. Als wenn es sich vorgenommen hätte, mich noch tiefer niederzuwerfen durch die Unfähigkeit, auch nur einen Millimeter Glück wiederzugewinnen – in meinem Mund die kalte und beinah gestorbene Zunge, die mir nicht einmal das Skelett eines Kusses ließ.

Eine Orchidee, Leichnam von exquisiter Perfektion in seinem schmalen Plastiksarg, erwartete mich, als ich aus Valencia heimkam. Auf einer Karte, von jenem Morgen, ohne Unterschrift: »Ich liebe Dich bereits für immer.« Dieser folgten im Verlauf der Woche weitere Orchideen mit ähnlichen Grüßen aus den verschiedenen Städten, in die Miguel häufiger reisen mußte, um beruflichen Verpflichtungen nachzukommen. Orchideen, die sich abwechselten mit Briefen, geschrieben auf luxuriösem Papier mit aufgedruckten Initialen: »Ich sterbe, wenn ich an den Augenblick denke, in dem ich Dich wiedersehe, denn ich liebe Dich in einer Weise, wie ich nie dachte, daß ich dazu fähig wäre« (23.9.85); »Ich frage mich, wie ich so lange hab' ohne Dich leben können, und ich treffe den Kern nur dann, wenn ich Dir antworte, daß ich in Wahrheit nicht lebte« (25.9.85); »Ich bin in die Jugend zurückgekehrt, in die Feuchtigkeit des Traums. Weißt Du, was das bedeutet?... Ein unendliches Verlangen nach Dir« (30.9.85); »Ich überlege ernsthaft, die für eine Scheidung notwendigen Maßnahmen zu ergreifen. Ich will Dich heiraten« (5.10.85); »Ich bin durch die Stadt gelaufen, untergehakt mit Deiner Abwesenheit, Herzallerliebste mein« (7.10.85); »Die Tage nehmen kein Ende, ich wünschte, sie flögen vorbei: Jetzt fehlt kaum noch eine Woche, um Dich zu sehen, um Dich zu lieben. Ich zweifle, ob ich es noch so lange aushalten kann« (17.10.85); »Niemand wird uns trennen können, Angela, Du Engel mein, denn ich bin endgültig Dein« (20.10.85); »Ich werde Dich nie lassen,

NIE, höre mich gut. Und wenn Du mich noch so heftig zurückweisen solltest: Ich werde fortfahren, Dich zu verfolgen« (23.10.85).

Ich könnte Dir, glaube ich, auch fast wörtlich unsere Telefongespräche wiederholen, voller zärtlicher Banalitäten, spontaner Liebesschwüre, endloser und heißer Abschiede, in der fast genauen Nachäffung jener Opern, in denen die *addio* dem Tenor die Romanze entlocken, manchmal sogar das hohe C, sofern es nicht zum Duett mit dem Sopran kommt. Das Telefon war unser Verbündeter mehr noch als die Briefe. Es läutete zu den ungewöhnlichsten Stunden – »um dich zu hören, mehr nicht« –, um mich wegen irgendeiner Belanglosigkeit um meine Meinung zu bitten – der passende Farbton einer Krawatte zu jenem Anzug (auf dem Empfang der Präsidentin) –, um ihn zu beraten bei den Themen für einen seiner Vorträge oder um mir den jüngsten Artikel, den er geschrieben hatte, vorlesen zu lassen. Das Telefonieren verstärkte meinen Ruf, unpünktlich zu sein, gewöhnte mich an den Geschmack kalten Essens, an den unterbrochenen Schlaf, ohne daß es mich im geringsten kümmerte. Das Telefon, dieses einst so gehaßte Telefon verwandelte sich in eine Nabelschnur, die uns in ständiger Verbindung hielt. Süßeste Fessel, Kette, Strafe, die ich mir lebenslänglich wünschte: Das Telefon wurde so unverzichtbar für mich wie für Calixto der Gürtel Melibeas*, und ich verglich es mit »einzig jenem eingewebten Haar von allem abenteuerlichen Glück und den Girlanden«... Mein Gott, welch absurde Übertreibungen! Und das Entsetzliche, Gridi, daß sie mir damals ganz und gar nicht so erschienen. Im Gegenteil. Und die literarischen Beispiele, derer ich mich bediente, schienen mir zum ersten Mal wirklich umfassend und genau zu treffen. Heute allerdings, da ich imstande bin, mein Verhalten ironisch zu reflektieren, sage ich Dir, ich bin zu dem Schluß gekommen, daß die Direktoren der Telefongesellschaft die Beeinflussung der Stimme auf das amouröse Verhalten sehr wohl kennen müssen. Und der Sonderservice wie das erotische Telefon oder sogar das Hoffnungs-Telefon haben ihre treueste Klientel unter den Leuten mit sensiblen Ohren – ich stelle mir Dich gerade vor, wie Du jetzt nach einer biologischen Erklärung suchst, um das Gegurre einem bestimmten Stimmentyp zuzuordnen.

Fast einen Monat nach unserem Treffen in Valencia kündigte Miguel mir an, daß wir ein Wochenende miteinander verbringen könnten. Er habe alles geregelt, um in Ruhe drei Tage mit mir zusammenzusein, uns ohne Hast zu lieben, wie ich es mir von ihm ausbedungen hatte, unseren uns so innig vertrauten Wolfgang Amadeus zu hören und gemeinsam die unschuldige Stille der romantischen Tafelbilder ebenso wie die Fassaden-Ornamentik Gaudís wiederzuentdecken. Alle meine Ängste waren verflogen. Ich war in Hochform, nicht so häßlich wie sonst, fast könnte man sagen, sogar attraktiv, und das gab mir Kraft. Ich wußte, daß die Liebe, was sie berührt, in Schönheit verwandelt und daß das Verlangen all jene mit einer leuchtenden Aura umgibt, die es zum Verbündeten haben. Ich fühlte mich im Zustand der Gnade und genoß es, mich persönlich um die unbedeutendsten und doch unverzichtbaren Details zu kümmern: die Marke des aus Malz gebrannten Whiskys, die er bevorzugte, die schönsten, kaum mehr an Leichen gemahnenden Orchideen, die ich fand, und von Mozart die Werke, die uns am stärksten verbanden: das Quintett für Klarinette und das Klavierkonzert Nr. 21. Obwohl es noch nicht kalt war, machte ich Feuer im Kamin. Ich hatte Lust, mit ihm die Liebe am offenen

Feuer zu machen, vielleicht, um auf diese Weise die bösen Geister des Sommers zu bannen und, gleichzeitig, unsere früheren Leben zu verbrennen, wenn auch nur symbolisch, wie um Edith Piaf recht zu geben:

... Balayé pour toujours
ça commence avec toi...

... Weggefegt für immer,
mit dir fängt es an...

Hinter den Fenstern, im Garten, die vertrauten Bäume in noch sommerlichem Grün. In den Fenstern die Spiegelungen, der Glanz hochzüngelnder Flammen, die irisierenden Umrisse der Glut. Die stille Genügsamkeit der Blätter und das rasche Vergehen der Stämme fügten sich in eins zusammen; in der schwerelosen Durchsichtigkeit einer Folie gewann ein erahntes Bild Gestalt. Unwiederbringlicher Augenblick, in der kurzen Aufhebung seines Kontrastes schon verfälscht und zu Ende. Absolute Vollkommenheit im saugenden Schweigen eines Todes ohne Ende.

Zwar würde ich gerne Dir gegenüber nicht noch lächerlicher erscheinen, trotzdem versichere ich Dir, daß meine Haut bis dahin noch nie die Apotheose des Tastsinns gefühlt hatte: die fast unmerkliche Sanftheit der Schmetterlingsflügel, die Kühle der Blätter und Musik, alles übertönend wie das Eindringen eines langsamen Dolches.

In jener Nacht hätte ich gewünscht, Faust zu sein, um Mephistopheles meine Seele zu verkaufen im Tausch dafür, daß er mich Margarethe werden ließe. Plötzlich war mir nichts von alledem noch wichtig, was mich bis dahin erfüllt hatte. Nicht mein Drang nach Wissen und Erkenntnis, nicht meine schöpferischen Fähigkeiten: Ich wollte nur jung sein und die Schönheit und die Reinheit, in die

Faust sich verliebt hatte, wiedergewinnen. Das katastrophale Ende entfiel mir fast ganz – stell Dir das Ausmaß meiner Entrückung vor. In gewisser Weise haben sich, glaube ich, meine Wünsche erfüllt und außerdem sehr schnell.

Unsere Geschichte oder, wahrscheinlich besser, meine Geschichte dauerte exakt anderthalb Monate, und der Bruch geschah unerklärlicherweise nach unserer ersten und letzten Liebesnacht. Noch immer weiß ich nicht genau warum, obwohl ich mir alle Zeit der Welt genommen habe, um die möglichen Ursachen zu analysieren und gegeneinander abzuwägen; Ursachen, denen ich heute eine weitere hinzufügen kann, die vielleicht die entscheidende ist. Miguel verließ das Haus an einem Freitag Anfang November, fast bei Tagesanbruch. Eine so unvorhersehbare wie unaufschiebbare Versammlung zwang ihn, auf das Wochenende zu verzichten, womit er ein Gutteil unserer Pläne zunichte machte. Auf den Donnerstag vorverlegt, hatte er das Samstagnachtfieber mit mir durchlebt, als seien wir das, was wir auch in Wirklichkeit waren: eine Zufallsbekanntschaft, und nicht Liebende wie aus einem Buch, wie ich damals noch glaubte. Weshalb mir weder das besessene Durchbuchstabieren des Verbs lieben noch Wörter wie Ewigkeit, Himmel oder Ekstase fehl am Platze erschienen, im Gegenteil. Ich wiederholte sie unermüdlich in meinen Schwüren.

Er wollte nicht, daß ich ihn zum Flughafen begleitete. Die Vorstellung, mich dort, in einer der öden Hallen allein zurückzulassen, entsetzte ihn, und er bat mich, zu Hause, im Bett zu bleiben, um so auf meinem Körper seine Liebkosungen noch eine Weile länger zu spüren, das Brahmskonzert, wie er mir suggerierte, noch einmal zu hören, »das im Augenblick des Eintritts in die Glorie« erklungen war. In der letzten Minute und nach einem letzten flüchtigen Kuß im Vorbeigehen, schon in der Tür, wandte Miguel noch einmal den Kopf, um mir zu sagen:

– Niemals hätte ich vermutet, daß dieses Herz aus Glas so viel Leidenschaft in sich birgt.

Am späten Vormittag kam die bewußte Orchidee, bestellt im Prat-Terminal, mit einem lakonischen Kärtchen: »Vielen Dank.« Aber in jener Nacht rief er nicht an, auch nicht am Tag darauf oder am nächsten. Kein Schreiben mehr, niemals mehr Blumen. Ganz einfach in der Luft zerronnen, oder als habe der Boden ihn verschluckt. Unsere Geschichte – meine Geschichte, verzeih – wurde jäh abgebrochen, als er hinter sich die Tür mit einem wirkungsvollen Schlag schloß, der ihn in tiefstes Vergessen stürzen sollte.

Die ersten achtundvierzig Stunden wachte ich neben dem Telefon. Mein Vertrauen in ihn war derart vollkommen, daß ich glaubte, sein Schweigen könne nur auf einen Unfall oder auf eine ganz plötzliche Erkrankung zurückzuführen sein. Trotzdem wagte ich nicht, bei ihm zu Hause anzurufen – er hatte mich mit Nachdruck darum gebeten, im Augenblick noch den Schein zu wahren –, und ich wagte auch nicht, mich mit seiner hassenswert perfekten Sekretärin in Verbindung zu setzen, die mich – dessen war ich sicher – ganz und gar ablehnen würde. Dagegen fragte ich, ohne weitere Erklärungen abzugeben, gemeinsame Freunde, die, sollte ihm irgendein Mißgeschick widerfahren sein, unterrichtet sein würden. Vier Tage nach seinem Besuch schließlich, das Wochenende war überstanden, frühstückte ich mir Wut an und rief seine Privatnummer an. Ein Dienstmädchen erklärte mir höflich, daß der Señor nicht zu Hause sei. Daraufhin wandte ich mich an das Büro.

Die effizient perfekte Sekretärin versicherte mir, daß er sich auf einer Auslandsreise befinde und in etwa zehn Tagen zurückerwartet werde. Ich wußte nicht mehr, was ich denken sollte. Ich konnte einfach nicht verstehen, wieso er mir nicht das geringste über diese Reise gesagt hatte, obwohl ich mir dann wieder vorzustellen suchte, daß es sich um irgendeine dringende Angelegenheit handelte, die ihm im letzten Moment dazwischengekommen war; und so blieb ich im ungewissen und wartete auf irgendeine Nachricht. Sechs Tage nach jenen Telefonaten stieß ich, während ich im Wartezimmer meines Zahnarztes ohne großes Interesse im Magazin *Ruptura 36* blätterte, auf eine Fotografie von Miguel: strahlend, ein Glas in der einen Hand, die andere um die Taille einer üppigen, offensichtlich billigen Person, den Körper leicht nach rechts geneigt vor dem Hintergrund eines bewegten Blaus. Die Bildzeile ließ an Deutlichkeit nichts zu wünschen übrig: »Auch Schriftsteller amüsieren sich.« Die Glosse dazu berichtete, daß eine Gruppe von Intellektuellen, Künstlern und hohen Funktionären von dem bekannten Geschäftsmann Amet Barrut al Xatú, dem künftigen Mäzen einer spanisch-arabischen Stiftung, zu einer Mittelmeer-Kreuzfahrt eingeladen worden war, um gegensätzliche Standpunkte abzuklären.

Niemals hatte ich gedacht, daß die Traurigkeit so obsessive, sogar melodramatische Formen annehmen könne. Obwohl es noch immer nicht kalt war, verbrachte ich Stunde um Stunde am Kamin und starrte in einem fast katatonischen Zustand ins Feuer. Hinter einem Tränenschleier zeigten die Flammen ungewohnte Phosphoreszenzen, nie gesehene Formen. Ich zählte jeden einzelnen Tag bis zu seiner Rückkehr, weil ich annahm, daß er dann, endlich, wirklich, ein Lebenszeichen geben würde.

Manchmal, etwas gelassener, beschwor ich ihn in seinen Briefen, die ich bald auswendig konnte, oder ich las seine Romane wieder. In diesen Tagen bemerkte ich, daß die kosmopolitischen künstlerischen Referenzen, derer er sich so weise zu bedienen wußte, sich übermäßig gehäuft in den Abschnitten der *Guides Michelin* wiederfanden, daß die Barockkonzerte, für die seine Figuren eine so besondere Vorliebe zeigten, oft dem falschen Komponisten zugeordnet waren und daß seine männlichen Protagonisten, insbesondere die Erfolgreichen, dem Leben gegenüber eine schwülstige, laut autoritäre und hochtrabende Haltung einnahmen, was mir plötzlich leicht grotesk und wirr vorkam. Ich las sein Werk mit neuen Augen und entdeckte eine Unzahl Details, die nach pedantischer Zurschaustellung, nach einer Kette brüchiger Verfälschungen aussahen. Ich weiß, daß der Dichter täuscht, er sogar dazu verpflichtet ist und daß es diese Fiktion ist, in der er glaubwürdig sein muß. Ein Schauspieler ist niemals überzeugender, als wenn er wirklich Theater spielt, eine andere Gestalt verkörpert, in jemanden schlüpft, der nicht er selbst ist. Nie ist er so wahr wie dann, wenn er lügt. Dennoch erschien mir die Welt, die Miguel in seinen Romanen konstruiert, als eine Welt aus Pappmaché ohne irgendeinen moralischen Zusammenhalt, ohne einen homogenen Standpunkt, der dem Ganzen sein wirkliches Wesen erst gibt. Dagegen bewunderte ich einmal mehr das Können, mit dem er das Interesse des Lesers bis zum Ende zu fesseln weiß, indem er in den letzten Kapiteln, in denen die Aktion intensiver wird, eine starke Erwartungshaltung aufbaut. Sein geschicktes Umgehen mit dem Sprachschatz verführte mich wie immer. Es war genau diese Eigenschaft seines Werkes, die mich darauf brachte, daß unsere eminent literarische, auf Worte begründete Beziehung deshalb wahrscheinlich so plötzlich zu Ende gehen mußte, weil ihm nichts mehr blieb, was er mir hätte sagen können. Er hatte verschiedene Formeln ausprobiert, sich dabei fast aller für ihn verfügbaren Hilfsmittel bedient und seine idiomatische Potenz ganz zur Schau gestellt. Er hatte unsere Beziehung geschrieben, er hatte sie nicht gelebt. Möglicherweise waren also weder er noch ich etwas anderes als ein Haufen Wörter, der jetzt, auf einmal, in Schmerz, Lärm und Zorn in sich zusammenstürzte, um uns zu zermalmen; oder vielleicht waren wir nicht einmal das, sondern etwas von geringerer Bedeutung; eine übersüße, schmierige Sahnetorte, vielleicht schon mit den ersten Anzeichen der Gärung. Als er an jenem Morgen die Haustür ins Schloß warf, ließ Miguel die Worte noch in Zellophanpapier und mit einem großen rosa Band verziert hinter sich; die noch verwahrten, aber schon kranken Worte, mit denen ich vergeblich versuchen würde, einen Sinn in meiner Beziehung zu ihm zu suchen und, vor allem, dieses so unerwartete Ende zu erklären. Vielleicht war unsere Geschichte – und jetzt habe ich mehr Argumente zugunsten dieser Auslegung, die dies glaubhaft erscheinen lassen – nichts anderes als eine Generalprobe vor dem Schreiben, das Schreiben selbst in Form eines wissenschaftlichen Experiments.

Aber diese Interpretation überdeckt eine andere, die ich, obgleich unbewußt, versuchen könnte zu verdrängen, weil sie mir sehr viel mehr Schaden zufügte; weil sie mich, erstens, mit den törichten Heldinnen aller finstersten Groschenromane in eine Reihe stellte – wegen Dummheit verführt und verlassen, weil sie nicht eine Spur von Weitsicht besaßen –, und zweitens, weil ich mich dann in ein simples Objekt verwandelt sähe, einen Teller, ein Glas oder eine Papierserviette, die nach einmaligem Gebrauch direkt in den Abfalleimer wandert. Und dabei schätzte ich mich doch höher ein, eingedenk meines elementaren Ekels davor, daß irgend jemand aus mir mit der Hand fressen könnte; ich hätte mich eher mit einem guten Sèvres-Tafelgeschirr verglichen, das mit größter Vorsicht und nur an Feiertagen benutzt wird. Jedoch, das ist klar, ein Sèvres-Service hört damit nicht auf, heute für den Antiquar auch ein Objekt zu sein...

Vielleicht konnte Miguel, daran gewöhnt, sich leichter in der Welt des Scheins als im wirklichen Leben zurechtzufinden, nicht vergessen, daß in der hispanischen Literatur, in der nordischen ist es wohl anders, Du weißt schon,
C'est toujours du nord que nous vient la lumière
Es ist immer aus dem Norden, woher das Licht uns erreicht

eine Frau von fast fünfzig nicht das geringste Anrecht auf Liebe hat und noch viel weniger auf die sinnliche Begierde. Zu lieben wagen, sich dem Geliebtwerden ausliefern, wünschen, mit gleicher Intensität wiedergeliebt zu werden, nein, ich lüge: mit stärkerer Intensität wiedergeliebt zu werden als mit zwanzig Jahren – das ist, offensichtlich, gefährlich, ja, es wird sogar als obszön angesehen. Wenn eine ältere Frau nach Abenteuern verlangt, wenn sie sich weigert, dem Leben zu entsagen, dann wird sie uns, im Kino wie in der Literatur, als eine, die einen *Gigolo* bezahlt, das heißt degradiert dargestellt. Ich frage mich, ob etwas von dem, ob meine Bereitschaft, das strenge Gesetz zu übertreten, das mich in meinem Alter von erotischen Lüsten jeder Art abzutrennen scheint, ob meine leidenschaftliche Hingabe, mein unersättlicher Wunsch zu lieben, ob mein unendliches Verlangen ihn nicht abschreckten. Vielleicht erschienen sie ihm ungehörig oder sogar das Böse zu sein und führten ihn zur Flucht ohne Wiederkehr.

Wie der Erzengel, dessen Namen er trägt und dem er Ehre macht – ich sagte Dir schon, er ist ihm im Wesen ganz gleich –, schnitt Miguel mir meine Ansätze zur Rebellion unwiderruflich ab, schleuderte mich in die Hölle wie Michael den Luzifer oder versuchte es doch mindestens. Nein, Ingrid, sie ist nicht so irrwitzig, diese zweite Schlußfolgerung, obwohl er möglicherweise nicht fähig ist, es sich selbst einzugestehen, es zu akzeptieren, und sei es nur für sich selbst.

Die Erklärung, die ich von ihm erhoffte, war allerdings trotzdem eine andere. Ich erwartete, er würde sich auf seine Familie beziehen, die er nicht im Stich lassen wollte; oder auch auf sein öffentliches Ansehen, von dem er so abhängig ist. Seine Rechtfertigung würde sich folglich auf eine simple Aufzählung von Allgemeinplätzen beschränken, vielleicht mit einigen Wortsalven garniert: »Du wirst mir immer etwas innig Geliebtes bleiben« oder »Ich werde dich mein Lebtag lang nicht vergessen können«. Ich gestehe Dir, Ingrid, daß ich vollkommen überzeugt war, dies nach seiner Rückkehr von ihm zu hören – zumal ich erfuhr, daß die Kreuzfahrt in Barcelona endete –, und daß ich entsprechende Antworten vorbereitete; eine brauchbare Strategie austüftelte, die ihn entwaffnen und, sollte es noch möglich sein, gefangennehmen würde. Aber diese Schlacht fand niemals statt. Er kam durch Barcelona, ohne auch nur anzurufen. Ich mußte annehmen, daß er in aller Eile ein Flugzeug nach Madrid nahm und in den Wirbel seiner Arbeit, in sein Familienleben zurückkehrte, als sei ich nie die Seine gewesen, als hätten wir uns nie kennengelernt, als wären diese anderthalb Monate mit Briefen, Blumen, Anrufen nie gewesen. Schließlich, nachdem ich ihn mehrere Tage lang per Telefon verfolgt hatte, erreichte ich ihn.

– Na, so was, du bist es wirklich? Welche Freude! Wie geht es dir? Womit kann ich dir dienen?

Niemals hätte ich eine derart professionelle Jovialität erwartet. Und obgleich mir seine Stimme ganz fremd klang – kalt, grob, wie Zement und Mörtel –, hängte ich nicht ein.

– Ich will dich sehen. Wir müssen uns sprechen.

– Natürlich, ich auch, es wird mir ein Vergnügen sein, ich habe dir so viel zu erzählen! Es waren einige aufreibende Tage, aber es hat sich gelohnt. Du weißt nicht, was ich alles erreicht habe. Wirklich, es gibt eine Menge Dinge, die dich interessieren. Wir brauchen Berater. Aber, sag mal, wo steckst du überhaupt?

– Zu Hause, in Barcelona.

– Barcelona? Ich muß einen Termin finden... um in Ruhe mit dir zu reden. Hätte ich nur nicht so wahnsinnig zu tun... Ich kann erst in ein paar Monaten nach Barcelona kommen, fürchte ich.

– Sei unbesorgt. Ich muß sowieso nach Madrid.

– Das ist ja fabelhaft! Ich habe ein exquisites Restaurant entdeckt, großartig eingerichtet, und die Bedienung tadellos, gibst du mir die Ehre, mich zu begleiten? Du wirst sehen, es wird dich entzücken, außerdem haben sie den guten Geschmack, Mozart zu spielen... Angela, Angela! Ich habe solche Lust, mit dir zu reden. Ja, ich brauche deinen Rat, es gibt eine Menge Dinge, die ich mit dir besprechen möchte, deine Ansichten sind mir immer so nützlich... Dieser Tage hatte ich nicht eine Minute für mich, nicht mal, um ein bißchen Musik zu hören, wie ich dich um dein ruhiges Leben beneide! Aber es war der Mühe wert. Die Angelegenheiten der Stiftung sind endgültig in die Wege geleitet. Nun ja, bei alledem, und du, erzählst du gar nichts? Wie geht es dir, was machst du so, wann kommst du?

– Montag.

– Montag, Montag... Laß mich mal eben in den Terminkalender sehen... warte mal... Wie schade! Ich habe da ein schreckliches Abendessen mit Bankiers. Entsinnst du dich, daß ich dir von einigen Stellen erzählte, die sie bereit waren, uns zu bewilligen?

– Nein.

– Menschenskind, aber ja. Wir haben bei dir zu Hause darüber gesprochen. Na gut, ist auch egal. Du weißt, wie wenig ich diese Geschäftsessen mag, aber es ist wichtig, sei versichert, ich kann nicht absagen. Du kannst dir wohl vorstellen, daß mir persönlich nichts daran liegt, was habe ich schon davon?, aber glaube mir, ich tue alles, um die kulturelle Zukunft dieses Landes zu verteidigen, die das recht nötig hat... Laß sehen... Wie wäre es Dienstag. Ja, Dienstag, ach nein, aber Mittwoch. Ich laß dich aussuchen, was möchtest du lieber, zu Mittag oder zu Abend essen...? Ich nehme doch an, daß du ein paar Tage bleibst...

– Nur Montag. Du wirst mir alle diese hochinteressanten Dinge bei anderer Gelegenheit erzählen müssen.

– Soll das heißen, daß du keine Lust hast, mich zu sehen... Bist du böse? Dein Ton ist... ein bißchen... ein bißchen trocken.

– Findest du?

– Mir scheint, Angela, daß es zwischen uns ein Mißverständnis gibt. Du wirkst verärgert, um es ehrlich zu sagen. Ich versichere dir, daß das Abendessen am Montag von grundsätzlicher Wichtigkeit ist.

– Ich glaube, ich beginne, dich zu kennen, Miguel, und mir scheint, daß ich dir nie wieder werde applaudieren können.

– Wieso applaudieren? Das verstehe ich nicht.

– Das ist doch ganz einfach. Ich fürchte, daß du aus deinem Zylinder kein einziges Tuch mehr hervorzaubern kannst…

– Angela, was sagst du da, ich habe zu keiner Zeit vorgegeben…

– Du bist wirklich gut getroffen auf dem Foto in *Ruptura 36*.

– Bitte, Liebling, sei nicht grausam. Wie kannst du annehmen, daß ich… Blöder Witz, also gut, ja, es war Tonia, die Frau des Generaldirektors… Da haben sie uns schön hereingelegt, du weißt doch um meine Zuverlässigkeit. Außerdem, ich vertrat die Stiftung… Schuld ist diese Journaille, die immer auf Sensationen aus ist. Wie du verstehen wirst, Tonia ist für mich, was willst du, daß ich dir sage…

– Aber ja, das verstehe ich, natürlich. Selbstverständlich. Was mich hingegen wirkliche Mühe kostet, ist zu verstehen, warum du mir nichts von deiner Reise gesagt hast. Warum bist du verschwunden? Was ist passiert? Warum hast du mich nicht wieder angerufen? Was…?

– Ich fürchtete deine Fragen, Angela. Denn ich war sicher, daß du mich das fragen würdest, und – weißt du? – ich habe keine Antwort. Ich weiß es nicht, ich kann es dir nicht sagen… (Ja, Amparo, sag ihm, daß ich gleich dran bin.) Entschuldige, Angela, ich muß Schluß machen, der Minister ist am anderen Apparat, wenn du mal nach Madrid kommst, laß von dir hören, du weißt ja, wo du mich erreichst, und wenn du irgend etwas brauchst, scheue dich nicht, mich darum zu bitten, denn du und ich, wir sind doch Freunde, nicht? Mag geschehen was auch immer…

Der Regen, ein feiner Regen leckte sanft die Fenster, als ich den Hörer auflegte, als wenn alle Traurigkeit der Welt, fast lautlos, kaum wahrnehmbar, sich mit meiner vereinen wollte. Das Wetter änderte sich unter dem aschgrauen

Licht der Abenddämmerung: Der langsame Atem des Herbstes war schon in der Luft zu spüren. Etwas ruhiger, als habe der Regen eine Befreiung gebracht, begann ich ihm einen langen, langen Brief zu schreiben. Als ich ihn aber durchlas, wurde mir klar, daß die fortgesetzten Vorwürfe – die sackleinene Büßerkutte, in die ich meine Worte kleidete –, daß die ingrimmige Verbitterung, die als Grundton zwischen den Zeilen durchklang, nur eine Gegenwirkung haben würden. Sie demonstrierten mein Verliebtsein zu deutlich, und vor allem gaben sie auf eine heillos verzweifelte, beinahe schamlose Weise Zeugnis von diesem Schmerz, den sein Verlust mir zugefügt hatte, als sei ich verstümmelt worden. Ich schickte den Brief zum Glück nicht ab. Und, Ingrid, ich hatte auch nicht die Kraft für Madrid. Seine kühle Korrektheit, dieser Ton des Schwiegermuttermörders, den er benutzte, während wir sprachen, als seien Worte der Kaugummi, den er im Mund zu wälzen schien, ließen mich vermuten, daß Miguel irgendeine andere eilige Verabredung erfinden würde, um mich nicht zu sehen. Diese Frivolität wie von einer Luxuskokotte, drapiert mit gefrierenden Höflichkeiten, begleitet vom Duft süßlicher Trivialitäten, von Wattebäuschchen in Reichweite, mit denen er zweifellos meinte, den Ausfluß meiner Schwären stillen zu können – auf daß ihn ja kein Eiterspritzer träfe –, sie schmerzte, sie verletzte mich weit mehr als die Wahrheit, die er zu überdecken suchte: Er wollte mich schon nicht mehr. Und dennoch und trotz alledem wartete ich weiter, wartete ich auf das Wunder eines Briefes, eines Anrufs, eines Besuchs, irgendeines Zeichens seiner Liebe, an dem ich mich festklammern könnte, um ihm zu verzeihen, worum er mich nie gebeten hatte, und auf diese Weise unsere Beziehung wiederaufzunehmen, denn alles – die Musik, die Bücher, die

Blumen, sogar mein eigenes Haus –, alles fuhr fort, von ihm zu sprechen.

Eine gemeinsame Freundin, die ihn zufällig auf ich weiß nicht welcher Zusammenkunft im Ministerium getroffen hatte, übermittelte mir seine Grüße und ließ mich wissen, daß Miguel sich mit großem Interesse nach mir und meiner Stimmung erkundigt habe. Ich ahnte schon, daß er es sich nicht hatte nehmen lassen, auf unsere Beziehung anzuspielen. Und ein »Miguel mag dich, du weißt gar nicht, wie sehr« brachte mich auf die richtige Spur, der Versuchung zu Vertraulichkeiten auszuweichen, die ihm ja sofort hinterbracht worden wären. Ich beschränkte mich also darauf, seinen Wert als Schriftsteller festzustellen, in keinem Fall aber den seiner menschlichen Qualitäten. Aus meinen Worten ließ sich leicht ableiten, daß mir seine Art, zu sein und sich zu geben, eher mißfiel.

Einige Wochen später, Anfang Dezember, rief Miguel mich an.

– Darf ich wagen, um die Gunst deiner Stimme nachzusuchen?

Diese verschnörkelte Phrase im vorsichtigen Ton eines geschlagenen Wolfes war an ihm völlig ungewohnt. Vielleicht gab ihm der Umstand, daß er einen Vers García Lorcas benutzte, den er für seine Zwecke abänderte, den Anstoß, einen Augenblick den Demütigen zu spielen. Ich versuchte, auf kalte Weise korrekt zu sein.

– Wenn du es versuchen willst... Um die Wahrheit zu sagen, ich habe deinen Anruf nicht erwartet.

– Was ist los mit dir, Angela? Bist du böse? Sei doch nicht so ungerecht, Liebste. Im Fall eines Falles müßte doch ich beleidigt sein, du kommst nach Madrid und rufst nicht einmal an.

– Du hattest so viele Termine und außerdem vergessen,

mir mitzuteilen, wann es deiner Sekretärin erlaubt sei, Gespräche durchzustellen.

– Erbarmen, sei doch nicht so ungerecht, Angela.

– Das bin ich ganz und gar nicht. Aber du bist so beschäftigt, ich hätte nur gestört, und am Ende hätte ich mich schuldig fühlen müssen.

– Ich will ganz ehrlich sein, Angela, manchmal denke ich, daß ich mich dir gegenüber nicht in allem richtig benommen habe... darum habe ich ja auch versucht, das bei der ersten sich bietenden Gelegenheit zu klären... Ich bin es, der sich gelegentlich schuldig fühlt, ohne recht zu wissen, warum... Und das beunruhigt mich.

– Nimm zwei Valium oder besser noch zwei *Aneuroles** ... Ach, richtig, die gibt es nicht ohne Rezept. Aber du mußt doch eine Menge Ärzte unter deinen Freunden haben, die sie dir verschreiben können.

– Angela, bitte!

– Ich meine es ernst. Ich habe sie ganz schön lange nehmen müssen, und, um die Wahrheit zu sagen, sie haben mir sehr gutgetan...

– Ich hatte vergessen, daß du grausam sein kannst. Nein, Angela, nein, du bist nicht gerecht, du willst mich falsch verstehen. Ich mag dich sehr, viel mehr, als du denkst. Alles, was dich angeht, interessiert mich.

– Tatsächlich?

– Aber sicher. Wäre es nicht so, ich würde den Teufel tun, mir deinetwegen Feinde einzuhandeln. Na ja, genaugenommen, du hast keine Schuld, du bist die Ursache.

– Ich habe keine Ahnung, wovon du sprichst.

– Aber ja doch, Feinde, und nicht eben ungefährliche.

– Ich bitte dich, Miguel, du brauchst mir keine Märchen zu erzählen, noch so zu tun, als wärest du für mich das Große Los. Ich denke, jetzt reicht es.

– Du verstehst mich falsch, Liebste. Erst gestern habe ich dich gegenüber Martínez Camorera verteidigt, du weißt, er ist ein kompromißloser Kritiker. Es war bei dem Essen für die Machado-Preisträger. Und er saß neben mir.

– Ach ja? Und was sagte Martínez Camorera, falls man das erfahren darf? Denn ich glaube nicht, daß er etwas von mir kennt...

– Nach dem zu schließen, was er sagte, scheint es doch so, mein Liebling.

– Und was sagte er?

– Ich ziehe vor, dir das nicht zu wiederholen, mein Engel. Ich war nahe dran, mit den Fäusten auf ihn loszugehen.

– Wie gewalttätig du bist! Aber mach schon: Was hat er gesagt?

– Eine Dummheit, du ahnst ja nicht, wie sie mich traf, was sage ich da, wie sie mich verletzte.

– Und welcher Art war die Dummheit?

– Ich würde es wirklich vorziehen, sie dir zu verschweigen, meine Liebste; eine blöde Eselei, die dir schaden wird, und vor allem anderen will ich, daß du nicht leidest.

– Wunderbar! Aber sorge dich nicht... »Schmerz, höchste Form...«

– Was?

– Ach, nichts. Komm schon, was hat er gesagt?

– Du bist sicher, daß du es wissen willst? Ja? Also, er sagte: »Angela Caminals hat sich ausgeschrieben.« Jetzt wirst du verstehen, daß ich das nicht dulden, es ihm nicht durchgehen lassen konnte.

– Ja, das verstehe ich, Miguel. Vielen Dank.

Ich legte auf. Das Telefon klingelte beharrlich: dreißig-, vierzigmal hintereinander. Dann, nach Intervallen, noch drei- oder viermal, eine Art Präsenz demonstrierendes

Röcheln, das keine Reaktion erwartete. Ich versichere Dir, Ingrid, daß es mir nicht gelang zu verstehen, welchen Zweck dieser Anruf erfüllen sollte. Viele Leute, darunter die Kollegen, die mit uns am Kongreß teilnahmen, hatten Miguel schon häufiger verflucht. Der Neid – er ist der geborene Sieger – machte ihn zu einer verlockenden Zielscheibe, und seine anmaßende Eitelkeit steigerte das Interesse der Konkurrenz, genau ins Schwarze zu treffen. Ich kann Dir versichern, daß ich unzählige Male auf ihn gezielte Schläge abwehrte, ohne jemals darauf anzuspielen, ohne ihm in irgendeiner Form eine Rechnung zu präsentieren. Die seine war nun, abgesehen davon, daß sie zur Unzeit kam, mit einer ungeheuer hohen Luxussteuer belastet.

Meine Übersetzerin vom Katalanischen ins Spanische ist von Kindheit an mit Camorera befreundet. Ich konnte nicht umhin, ihr von dem Vorfall zu erzählen. Rocío war gerne bereit, jede Art Erkundigungen einzuziehen. Innerhalb weniger Stunden wußte ich, daß die mir von Miguel berichtete Anekdote tatsächlich der Wahrheit entsprach, sieht man davon ab, daß er die Rollen der Akteure vertauscht hatte. Es war Camorera, der mich verteidigt, und er, Miguel, der halb im Spaß, halb im Ernst den Wert meines Werkes in Zweifel gezogen und, unter dem Anschein, daß es ihm leid tue, ganz frivol mein literarisches Hinscheiden prophezeit hatte.

Ich glaube, es besteht keine Notwendigkeit, Dir zu sagen, daß jene Tage entsetzlich und voller Angst waren, bevölkert mit Gespenstern, die um mich herum ihre *danses macabres* zelebrierten, Monster, die mich zwischen irrem Gelächter und bösen Kapriolen verhöhnten und mich zwangen, meine Beziehung zu Miguel von Grund auf neu zu überdenken. Sie herabzuwürdigen, sie in einen stinkenden Schlamm zu verwandeln, in dem sich nur noch Kanalratten wohl fühlen konnten. Es war jetzt offenkundig, daß Miguel mich niemals geliebt, daß er, von Anfang an, meiner gespottet hatte.*

Du kannst Dir nicht denken, Ingrid, mit welcher Scham, mit wieviel Selbstvorwürfen, Reue und Gewissensqualen ich mich der absoluten Selbstvergessenheit erinnerte, mit der ich mich ausgeliefert hatte, und mit welcher Grausamkeit ich nun jede Seite meiner Bücher einer krankhaften Vivisektion unterwarf. Das Manuskript, an dem ich gearbeitet und das ich mich verpflichtet hatte, vor Weihnachten abzuliefern, blieb unbeendet auf dem Schreibtisch liegen. Ich fühlte mich außerstande, auch nur eine Zeile zu schreiben, denn ich glaubte zu sehen, wie zwischen den Seiten eine Falle giftiger Dornen lauerte, die mir die Finger lähmen würde. Das war der Zeitpunkt, als mein Verleger persönlich mich zu einem Psychiater begleitete, mit dem er befreundet war.

Die mehr als tausend wie vor einer Mauer zugebrachten Stunden, in denen ich in dem stinkenden Schmutz meiner Eingeweide wühlte, ließen mich zu dem Schluß kommen, daß ich für Miguel, neben einem nun unwiderruflich zerstörten Gefäß, vor allem der Spiegel gewesen war, auf dem seine Strategie als Verführer basierte. Die Ähnlichkeiten zwischen uns wurden damit viel begreiflicher, die er mich hatte eingehend beobachten lassen, mit fast ritueller Sparsamkeit, mit unendlichem Ergötzen, bevor ich einwilligte, mich hinzugeben. Denn es ist tatsächlich am Ende der Spiegel des Fleisches, in dem die Liebenden einander erkennen und, die Grenzen überwindend, die die Haut aufzwingt, eins werden können. Und dennoch, in unserem Fall, in seinem Fall, als Verführer und nicht als Liebender, mußte mein nackter Körper Miguel allein dazu dienen, sein Bild zu betrachten, während der seine nur ein blinder Spiegel blieb. Das Geheimnis, einmal entschleiert, verlor den Zauber, und es war nicht mehr möglich, eine Widerspiegelung, die uns beide umschlösse, wahrzunehmen. Nur über den See gebeugt, kann Narziß seinen Durst löschen, nicht wenn er in das Wasser eintaucht. Das Bild, das er sucht, ist nicht das eines von ihm Verschiedenen, eines anderen, ist nicht das einer toten Schwester. Würde er sich nähern, könnte er der Versuchung verfallen, mit ihr eins zu werden; er würde den Fehler begehen, sich selbst zu zerstören. Er hat keine andere Wahl, als fernzubleiben, in sich selbst eingeschlossen, ein-gebildet, niemals sich selbst vergessend. Die Illusion, die während jener anderthalb Monate unser Leben in ständiger Spannung gehalten hatte, war plötzlich verschwunden, und mit ihr starb meine verführerische Anziehungskraft, während die seine unversehrt blieb. Auf diese Weise scheint sich sein Verhalten einfacher zu erklären. Sein letzter Anruf eingeschlossen. Mit jener fingierten Verteidigung – er würde sich nie vorstellen können, daß mir die andere Version zu Ohren käme –, versuchte er, mir gegenüber seinen lädierten Ruf wiederherzustellen, vorausgesetzt, daß er vielleicht, für Augenblicke, so gezählt diese auch immer gewesen sein mögen, ahnte, daß mein Spiegel in tausend Scherben zersprungen war und daß in ihm sein Bild als Verführer niemals mehr wird erscheinen können. Ich glaube allerdings, daß er dies nur teilweise begriffen hat, da die Raffinesse, die Scheinheiligkeit, mit der er sich sorgfältig mühte, mir Schaden zuzufügen, indem er mir den angeblichen Urteilsspruch Camoreras mitteilte – und ich glaube, daß mir jetzt keine Fakten mehr fehlen –, ihren Antrieb in anderen, nützlicheren Beweggründen hatten.

Und am Ende, Ingrid, welch eine Vergeudung, wieviel

für eine nutzlose Leidenschaft verbrauchte Energien! Ich weiß nicht, ob Du Dich entsinnst, wie Proust* in *A la recherche du temps perdu* das Kapitel beendet, in dem Swann über die Zeit seiner Liebe zu Odette spricht. Es ist eine Reflexion, die genau mit der Art und Weise übereinstimmt, mit der ich mein Liebesverhalten jetzt beurteile: »Wenn ich denke, daß ich mir Jahre meines Lebens verdorben habe, daß ich sterben werde, daß ich meine größte Leidenschaft erlebt habe, alles wegen einer Frau, die mir nicht gefiel, die nicht mein Genre war...«

Hier angelangt, Ingrid, wurde mir klar bewußt, daß ich in einen neuen Lebensabschnitt eingetreten bin. Mein Herz ist beinahe so kühl wie mein Kopf. Der gesunde Menschenverstand hat nach und nach die Oberhand gewonnen über die neurotische Melancholie, und mein Gemütszustand entfernt sich sehr rasch von jenen Tangotexten und ihren nachtragenden Heulsusen, denen ich so sehr ähnelte. Ich bin im Begriff, Skeptikerin zu werden. Du bist der einzige Mensch, dem ich mich ohne Argwohn zu nähern versuche. Nur darum wage ich, mich Dir mitzuteilen, Dir zu sagen, daß ich mich sehr oft und trotz allem als nicht mehr zeitgemäß, als allen Unwettern ausgesetzt empfinde. Die Werte, die mir eine tadellose bürgerliche Erziehung sorgsam eingetrichtert hat – die Treue, die Aufrichtigkeit, der obsessive Kult der Wahrheit –, nützen mir jetzt nichts mehr, sie sind obsolet geworden. Die stark abfallende Tendenz dieser Werte in der letzten Zeit hat dazu geführt, daß ihre Aktien an der Börse schon gar nicht mehr gehandelt werden. Während vieler Jahre glaubte ich, daß meine Überzeugungen mir als gültige Normen dienten, um sowohl die fremden als auch die eigenen Verhaltensweisen zu beurteilen; daß ich mein Leben bereits aus dem einfachen Grund solchen Überzeugungen anpassen müßte, weil sie, als vernünftige Ausdrucksformen einer elementaren Ethik, das Zusammenleben erleichtern und mir erlauben würden, wenn schon nicht gut, dann mit ruhigem Gewissen zu schlafen, wie die Katholiken sagen, mich wenigstens in das Wertesystem integriert zu fühlen, nach dem sich zivilisierte Menschen richten, die Leute der sozialen Klasse, der ich angehöre.

Ich weiß nicht, ob diese Geständnisse Dir nicht noch peinlicher sind als jene, die ich Dir vorher machte, da sie in noch grundsätzlicherer Weise meine Wehrlosigkeit demonstrieren. Ich weiß nicht, in welchem Augenblick ich einen Zug verpaßt haben muß oder, in den Straßengraben geworfen, dort liegengeblieben bin, doch ich fürchte, daß ich schon nicht mehr die Kräfte habe, wieder hochzukommen, wenigstens in den letzten Wagen einzusteigen und Staub und Reiser wieder einmal aus den Kleidern zu schütteln. Vielleicht bin ich endgültig misanthropisch geworden. Ich erwarte nichts. Es bewegt mich schon nichts mehr besonders. Ich sehe nur sehr wenige Freunde, nehme nicht an den *Tertulias*, unseren Literatentreffs, teil, gehe überhaupt kaum aus. Ich höre Musik, das ja, fast den ganzen Tag lang. Ich beschäftige mich mehr denn je mit meiner wachsenden Art-Déco-Sammlung von Galles und mit Antiquitäten. Ich habe mir gerade einen Sekretär aus dem 16. Jahrhundert gekauft, eine Kostbarkeit, und ein Auge auf eine kleine neapolitanische Truhe geworfen, die Dir die Luft nimmt. Ich pflege den Garten. Wann immer möglich, überlasse ich mich der Abenddämmerung, lasse mich faszinieren von den Augenblicken, in denen der Himmel diese blaßmilchigen Färbungen annimmt, beim Ineinanderfließen der fast nächtlichen Blautöne und einem diffusen, verschwimmenden Weiß, das mich an Euer Licht erinnert. Das feiere ich oft mit einem Champagner-Cocktail. Die Dinge interessieren mich nun mehr als die Menschen. Darum gebe ich so viel aus, wie ich kann, um mich mit schönen Dingen zu umgeben, obwohl die Erbschaft meines Vaters – von der ich, wie Du Dir denken kannst, lebe – allzu rasch schwindet. Was kümmert es mich. Auf meine Weise versuche ich, dem Leben das zu entreißen, was es mir nicht geben will. Ich fordere kaum mehr. Ich vermeide fernzusehen, Zeitungen lese ich wenig, manchmal lasse ich mich allerdings doch noch vom Feuilleton verleiten. Dadurch erfuhr ich, daß die erste Auflage von Miguels neuem Buch *Der Schwanengesang* in nur einer Woche vergriffen war, ein Roman, den Robert Saladrigas in *La Vanguardia* nach einem Lob als Paraphrase des 19. Jahrhunderts einstufte, da seine Hauptgestalt, eine Provinzschriftstellerin, augenscheinlich die Desillusion der Romantik verkörpert – die entwürdigte Heldin in einer entwürdigten Welt.

Es ist gerade erst fünfzehn Tage her, daß ich per Post ein Exemplar mit Widmung erhielt: »In der Gewißheit, daß Du mein bester Kritiker sein wirst.« Auf der Rückseite des Einbands, als Blickfang, heben Riesenlettern die literarische Qualität der Erzählung hervor, und sie betonen insbesondere die Originalität des im hispanischen Schrifttum noch nie dagewesenen Themas... Du kannst Dir vorstellen, Ingrid, mit welchem Interesse ich den Roman begann, mit welcher Aufmerksamkeit ich ihn las, die Absätze unterstreichend, in denen mir schien, daß Miguel sich auf meine äußere Erscheinung bezog, auf meine Stimmungen, die Seiten markierend, in denen er Teile unserer Korrespondenz einfügte, unsere Gespräche wiedergab oder auch ganze gestohlene Absätze aus der »Gründungs-Akte unserer Liebe«. Und mir wurde klar, daß die Gestalt der Olga, der reifen katalanischen Schriftstellerin, kitschig und albern wie ein Kohlkopf mit Schleife, wenn nicht mein Porträt, so doch mindestens meine Karikatur ist, während Sergio, der Modeschriftsteller, erfolgreich, brillant und hyperintelligent, er selbst ist, wie er sich sieht, umgeben von einer geheiligten Aura. Du kannst Dir ausmalen, was in dem Augenblick geschehen wird, wenn die beiden anläßlich einer Round-Table-Diskussion zusammentreffen, die von kulturellen Institutionen zusammen mit der Universität einer Stadt im Norden organisiert wurde – dies alles, um *Die Präsidentin* abzuhandeln. Der Parallelismus zwischen den zwei Geschichten – zwischen Ana Ozores und Olga – wird beibehalten bis zum Ende des ersten Erzählstrangs, das heißt bis zu der Nacht, in der Olga sich Sergio hingibt. Im Roman wird diese Nacht nicht als intensiv beschrieben, nicht als schön und von überbordender Fülle, wie ich sie erinnere, sondern als beschämend, gescheitert, steril. Olga, in ihren Vorurteilen gefangen, benimmt sich unglaublich lächerlich, blöde, linkisch, ist unfähig, dem Ungestüm ihres Geliebten zu entsprechen.

Wenn Du das Buch liest, das ich Dir gleich morgen – nein, heute, es ist bereits Montag – per Eilpost zuschicken werde, wirst Du sehen, mit welch verklärten Argumenten sich der Autor am Ende von der armen Närrin befreit.

Aber vorher, Ingrid, laß mich Dir eine ganze Reihe Fragen stellen, endlose Fragen, die häufig an mir nagen, mich verfolgen, seit das Buch mir in die Hände kam. Wann beschloß Miguel, den Roman zu schreiben? Vor oder nach unserem Treffen in Valencia? Interessierte ich ihn lediglich, weil er glaubte, in mir die Figur zu sehen, die wie nach Maß des imaginativen Schemas geschaffen war, das er gerade erbaute? Oder kam das danach, nachdem wir uns kennengelernt hatten, daß er sich der Gleichheiten zwischen uns bewußt wurde, sich der Faszination nicht entziehen konnte zu beweisen, bis zu welchem Grad die Literatur, und das ist sie gewiß, immer dem Leben tributpflichtig bleibt? Nahm er sich vielleicht vor, durch von ihm bestimmte, im voraus festgelegte Abläufe unsere Beziehung zu einem stimmigen Ende zu führen, das dem Determinismus seiner Figur entsprach?... Und war es ihr verwirrtes, unvorhersehbares Ende, das unseren Bruch beschleunigte? Ich weiß es nicht, in jedem Fall hat er mich zweifellos benutzt, um aus mir Informationen aus erster Hand zu bekommen, die ihm dazu verhalfen, seinem fiktiven Geschöpf mehr menschliche Konturen zu geben. Vielleicht sind alle diese Möglichkeiten nichts anderes als die verschiedenen Teile eines Kaleidoskops, die sich, je nach Sichtweise, je nach Bewegung, vereinen oder auseinanderfallen...

Wenn es auch schmerzt, Gridi, so lese ich doch hin und wieder weiter im *Schwanengesang*. Um zwischen den Zeilen, irgendwo vergraben eine plausible Erklärung zu finden, mich selbst zu sehen, ein verlorenes Jahr zurückzugewinnen, um jene Tote in mir zu finden, von der ich, in gewisser Weise, nur die Überlebende bin; ein Gutteil meines Selbst verschwand, zerfetzt in jenen furchtbaren Monaten, und so treibt es mich: Noch immer suche ich mich in den Seiten des Romans. Ich habe ein ganz außerordentliches Interesse an Deiner Meinung, Ingrid, und daß Du mir sagst, ob ich es wahrhaftig bin, ich, die Protagonistin dieses Buches, oder ob ich irre, wenn ich mich in seinen Seiten wie in einem Spiegel sehe. Vielleicht ist es meine Sehnsucht, im Gedächtnis von Miguel lebendig zu bleiben, und auch, dennoch und allem zum Trotz die Notwendigkeit, noch immer eine Rechtfertigung zu finden für sein plötzlich verändertes Verhalten, was mich verleitet und zwingt, seine Erzählung wieder und wieder zu lesen.

Würdest Du fragen, Ingrid, ich könnte nicht leugnen,

daß mich dieser Tage die Lust ankam, der Serpieri nachzueifern – Du erinnerst Dich an *Senso* von Visconti? –, doch das würde Miguels posthumen Ruhm nur bereichern. Mir ist auch die Möglichkeit durch den Kopf gegangen, bei Gericht meine Persönlichkeitsrechte einzuklagen, die sein Roman verletzt, oder aber unsere Beziehung in der Sensationspresse auszubreiten; aber beides würde doch wieder nichts anderes bewirken, als die Verkaufsziffern seines Buches und seine Popularität hochzutreiben – zu meinem eigenen Schaden.

Jetzt fällt mir auf, ich habe Dir überhaupt noch nicht gesagt, wie er mit Nachnamen heißt. Wobei ich sicher bin, daß Du es längst erraten hast. Miguel ist kein besonders häufiger Name unter unseren zeitgenössischen Schriftstellern, so daß die Rechnung einfach ist; zieht man Delibes* ab, bleibt nur Orbaneja. In *La Nación* von heute, nein, von gestern erschien in der Sonntagsbeilage ein langes Interview, in dem er ankündigt, daß er in einem Monat Dänemark besuchen wird, um verschiedene Vorträge an den Universitäten von Kopenhagen, Odense und Aarhus zu halten; und um eine Reportagen-Serie zu schreiben, die über die Agentur EFE in den wichtigsten Zeitungen Spaniens und Hispanoamerikas verbreitet werden soll, als eine Vorarbeit für das geplante Buch über seine Reise durch die skandinavischen Länder, »von deren Licht«, ich zitiere ihn wörtlich, »– viel sanfter, da es die Dinge einander annähert und die Distanzen verkürzt –, ich mich wahnsinnig angezogen fühle...«

Ich bin sicher, daß Miguel alles daransetzen und nichts unversucht lassen wird, um Dich kennenzulernen und, wie auch immer, Deine Freundschaft zu gewinnen. Das braucht Dir keineswegs merkwürdig vorzukommen. Habe ich ihm doch so viel von Dir erzählt, von Deiner

Vorliebe für die spanische Literatur, von Deinen fabelhaften Beziehungen zu skandinavischen Intellektuellen – und insbesondere von Deiner engen Freundschaft mit Lundqvist, diesem ewigen Eingangstor zum Nobelpreis, den er, Miguel, selbstverständlich in nicht allzuferner Zukunft für sich anstrebt –, ganz zu schweigen von Deiner Intelligenz und Deiner außerordentlichen Attraktivität. Ich versichere Dir, daß er sich den nächsten Spiegel in Dir suchen wird, um sich darin in seiner ganzen Größe zu betrachten, und er wird sich darin gefallen, Dir endlose Ähnlichkeiten zwischen Euch aufzuzeigen. Dich aber wird er nicht betrügen können, denn Dich werden weder seine scheinbare Genauigkeit noch seine anmaßende Eitelkeit gefangennehmen, Eigenschaften, die, entgegen aller Logik, in positiver Weise auf mich wirkten; möglicherweise, weil ich hinter dieser Maske eine fast krankhafte Verletzlichkeit und Zerbrechlichkeit zu erkennen glaubte. Es war diese betrügerische Schwäche, der ich in Wahrheit verfiel. Vielleicht hat er dies immer als Trumpfkarte zu seinen Gunsten gegenüber Frauen ausgespielt. Es ist nicht unwahrscheinlich, daß Miguel, bei dem Versuch, eine so vertrauliche Atmosphäre wie nur möglich zu schaffen, Dir lang und breit von mir erzählt, und das auf zartfühlendste Weise. Vergiß nicht, daß er, obzwar aufgeblasen, unglaublich gerieben ist, immer auf dem Sprung, jede Schwäche zu mißbrauchen. Verzeih, Ingrid, ich wollte Dich schon wieder beschützen. Ich weiß doch, daß das unnötig ist. Du hast in bezug auf Männer sehr viel mehr Erfahrung als ich und bestimmt noch einige gezinkte Karten im Ärmel. Das Spiel ist ganz sicher Deines.

Vor einigen Stunden, am Nachmittag – und jetzt ist es später als zwei Uhr nachts –, kündigte ich Dir an, daß ich Dich um einen Gefallen bitten wollte. Ich glaube, daß der

Moment gekommen ist, Dir zu sagen, was ich möchte, obwohl Du vielleicht das auch schon erraten hast – oder doch fast. Ach nein, ich bitte Dich nicht, Miguel mit gleicher Münze heimzuzahlen, mit der so selbstverständlich falschen Münze, mit der er mich kaufte. Ihn zu verführen wäre ein Kinderspiel für Dich, und ihn in der Patsche sitzenzulassen das Einfachste der Welt. Aber es würde ihn nicht sehr stören, dessen bin ich sicher. Manchmal denke ich, daß ich eine der wenigen Kröten gewesen bin, die er im Leben hat schlucken müssen, was mich, in gewisser Hinsicht, noch wütender macht. Nur ein Dummkopf wie ich war fähig, nicht zu sehen, wie er mit seinem Haustempel unter dem Arm daherkam, bereit, mit aller erlesenen Sorgfalt die Opferzeremonie für das erste blöde Schaf vorzubereiten, das ihm über den Weg lief, sich als Sühneopfer selbst anbietend für den Altar seiner eines Nilpferdes würdigen Ichvergötzung. Mir scheint, daß wir, was Dich betrifft, diese Möglichkeit beiseite lassen können, obwohl sie sich anbietet, wenn Du es für gut hieltest; tue, was Dir am richtigsten erscheint. Nicht umsonst hast Du Dich mit den Rächerinnen ihrer Ehre im spanischen Theater vergnügt..., und sieh nur, wie weit Du es jetzt als Stellvertreterin ausnutzen kannst, diese Rolle zu spielen. Für die Zeit der Verzückung rate ich von Mozart ab, vom zweiten Satz seines Klavierkonzerts Nr. 21 – der uns, o ja, der liebste war bei unseren Telefondialogen –, er würde ihn verwechseln, er hat ihn verwechselt mit »etwas von Brahms«; wähle, was dem Zweck besser entspricht, *Pomp and Circumstance*, zum Beispiel...

Worauf ich hinauswill, das, worum ich Dich bitte, ist sehr viel subtiler. Du wirst sehen, Miguel besitzt die wundersame Gabe, was er berührt, als sein Eigen in Besitz zu nehmen, sich mit anmutiger Spontaneität die Ideen anderer Leute anzueignen, ihre Meinungen zu verkünden, als seien sie die seinen, und immer dann, wenn es ihm opportun erscheint, nach Lust und Laune die Texte anderer Schriftsteller zu benutzen. Nie widerspricht er, nie vertritt er seine Überzeugung. So fällt es mir leicht, mir vorzustellen, wie vollkommen er mit Dir übereinstimmen wird, während er, immer aufs neue überrascht, verwundert von der Gemeinsamkeit Eures Geschmacks, sich mit Deinen Worten identifiziert. Es ist noch leichter, mir jetzt schon auszudenken, wie seine ersten Berichte aussehen werden, angefüllt mit den scharfsinnigsten Beobachtungen über Eure Idiosynkrasien, mit brillanten und vor allem o-ri-gi-nel-len historischen und literarischen Referenzen, die Du ihm suggeriert haben wirst. Überlege, wie genial es wäre, ihn vom Heimweh Isak Dinesens nach den Steilküsten der Ebenen Fünens zu überzeugen; oder wenn Du ihm vom pornographischen Expressionismus der ersten Filme Dreyers erzähltest; oder vom explosiven Erotismus der Torsi des kalten Thorvaldsen, den seine Verehrerinnen den dänischen Rodin genannt hätten… Vielleicht würde es auch die Mühe lohnen, ihm ein bißchen Bettgeflüster zu insinuieren; das liebt er und weiß göttlich damit umzugehen. Warum nicht auf *l'amour fou* von Andersen für Oersted anspielen, ausgebrochen, während jener seine Dissertation über magnetische Maschinen schrieb? Oder auf das Quanten-Collier, mit dem Niels Bohr Mata Hari beglückte, im Gedenken an die gemeinsamen schönen Stunden… Du verfügst natürlich über sehr viel subtileres Wissen und über eine viel feinere Phantasie, um ihm gewisse Aspekte Deines Landes in einer leisen Zerrspiegelung zu zeigen.

Noch ein Monat bis dahin, Ingrid, nur noch ein Monat, aber ich vergehe schon jetzt in Wohlbehagen, denke ich daran, wie gut es mir tun wird, Miguels Reportagen zu lesen, die voller Schnitzer, Lügen, wenn nicht sogar der vollendete Unsinn sind. Was wohl ganz sicher Lundqvist nicht erfreuen wird, und so schwindet die Möglichkeit, daß Miguel sich eines schönen Tages in den Frack werfen könnte, um im Angesicht des Königs von Schweden den Nobelpreis entgegenzunehmen.

Aber ihn mit Deiner Hilfe lächerlich gemacht zu haben ist im Grunde natürlich nicht das, was mich am tiefsten befriedigt, sondern dies, sicher zu sein, daß er in seinem grenzenlosen Dünkel daraus eine misogyne Lehre ziehen wird: Man soll nie dem Verstande von Frauen trauen, weil sie keinen haben.

Und gleich jetzt, wenn ich diesen Brief beende, werde ich nachsehen, in welchem Zustand mein Weinkeller ist. Ich will nicht, daß ein Pomery fehlt, wenn der Augenblick gekommen ist. Ich werde dann auf Dein Wohl trinken, meine Allerliebste, das kannst Du mir glauben.

Ich will nicht wiederholen, daß ich, wie immer und nun mehr denn je, für Dich da bin und Du mich um alles bitten kannst. Ich liebe Dich sehr, wie Du weißt, und schicke Dir tausend Küsse,

Angela

Anmerkungen der Autorin und der Übersetzerin für die deutsche Ausgabe

S. 12
L'intruse (spanisch: La intrusa; deutsch: Der Eindringling), Drama des belgischen Dichters Maurice Maeterlinck (Nobelpreis 1911). Anlaß der Kritik des katalanischen Dichters Joan Maragall, auf die der Text anspielt: die Aufführung des Stückes in Katalonien, 1893, während des ersten Modernisten-Festes in Sitges. (Anm. d. A.)

S. 12
Miguel de Unamuno (1864–1936), Dichter, Romancier; einer der bedeutendsten Philosophen Spaniens.

S. 23
Clarín (Leopoldo Alas, 1852–1901); La Regenta, Claríns Hauptwerk, erschien in zwei Bänden 1884 und 1885 in Barcelona. Übersetzung ins Deutsche unter dem Titel »Die Präsidentin«, Frankfurt/M. 1985.

S. 25
Benito Pérez Galdós (1843–1920), Schöpfer eines monumentalen, auf klarsichtiger Zeitkritik und profundem Charakterstudium basierenden Romanwerkes. Doña Perfecta (1876); Misericordia (Barmherzigkeit, 1897).

S. 28
Ausías March (1397–1459), Valencianer und der wichtigste Dichter des Mittelalters in katalanischer Sprache. Ihm kommt in der katalanischen Literatur die Bedeutung zu, die Villon im Französischen hat. (Anm. d. A.)

S. 29

Pere Serafí, katalanischer Dichter des 16. Jahrhunderts; Verfasser mehrerer Bücher über die Ars Poetica sowie zweier in »vulgärem«, im Volk gesprochenen Katalanisch geschriebener Gedichtbände. In seinen Liebesgedichten folgt er Petrarca und Ausías March.

Jordi de Sant Jordi (Valencia, 1400–1424), protegiert von Alfons dem Weisen; folgt in seiner Lyrik der Tradition der Minnesänger. (Anm. d. A.)

Pedro Salinas, geboren 1891 in Madrid, gestorben im Exil in Boston/USA. Einer der großen Dichter der »Generation von 1927«. Übersetzungen ins Deutsche: Verteidigung des Briefes. Ein Essay, Frankfurt/M. und Berlin 1983. Gedichte/Poemas: die Liebesgedichte-Zyklen: Die Stimme, die ich dir verdanke, Grund der Liebe, Frankfurt/M. 1990.

S. 34

Fernando de Rojas (gestorben 1541); La Celestina oder Tragikomödie von Calixto und Melibea. Übersetzung ins Deutsche, Frankfurt/M. 1989.

S. 49

Aneuroles: Thiamin; im Gegensatz zu dem, was die Protagonistin insinuiert, ein rezeptfreies reines Vitamin-B1-Präparat.

S. 52

»...daß er, von Anfang an, meiner gespottet hatte«: Der klassische Don Juan, der 1630 die Bühne betrat als ein Geschöpf des Mönches und Dramatikers Tirso de Molina, ist kein Casanova. Seine hinter der Maske des Verführers verborgene Urleidenschaft ist die Lüge, ist, Frauen zu verhöhnen; das heißt in letzter Konsequenz: sie zu vernichten.

S. 54

Marcel Proust: Auf der Suche nach der verlorenen Zeit, zu Swanns Welt 2, Eine Liebe von Swann; Zitat nach der Übersetzung von Eva Rechel-Mertens.

S. 59

Miguel Delibes, geboren 1920 in Valladolíd; einer der bedeutendsten Repräsentanten der zeitgenössischen spanischen Literatur. Aus seinem über fünfzig Bücher umfassenden Œuvre sind bisher fünf Romane ins Deutsche übersetzt: Die heiligen Narren, München 1987; Das Rote Blatt, München 1988; Fünf Stunden mit Mario, München 1989; Das Holz, aus dem die Helden sind, München 1990; Die Ratten, München 1992.

Nachwort
Von Rosemarie Bollinger

1975 war das Jahr, an dessen Ende in Spanien, mit dem Tod Francos, der große demokratische und künstlerische Aufbruch begann. In Barcelona, der katalanischen Hauptstadt, gab der Sänger des Widerstandes, Lluís Llach, das Zeichen durch ein mitreißendes, ein befreiendes Konzert. Unter den Tausenden, die weinten und lachten, die überwältigt mitsangen damals, waren bereits die ersten, die heimkamen nach Jahrzehnten des Exils, und auch Kataloniens Künstler und Schriftsteller. Carme Riera unter ihnen.

Wenige Monate zuvor war ihr erstes Buch erschienen – *Und laß als Pfand, mein Liebling, Dir das Meer (Te deix, amor, la mar com a penyora)*, ein Band mit sechzehn Erzählungen. Und es wird berichtet, daß sie auf die Ramblas ging an dem Tag, an dem es dort zum ersten Mal in den Bücherständen auslag, um sich, von zwiespältigen Gefühlen bewegt, dieser Tatsache zu konfrontieren. Aus gebührendem Abstand. Bis sie ihren ersten potentiellen Leser entdeckte. Man sagt, daß sie geradewegs auf den jungen Mann zuging, der ihr Werk, unschlüssig noch, in Händen hielt; daß sie ihn »caramba, ist das ein Titel« murmeln, sich selbst aber, zur eigenen Verblüffung, sagen hörte: »Wenn du es kaufst, widme ich es dir.«

Der Band wurde ein Bestseller und blieb es. 1992 kam er in der 32. Auflage heraus, gleichzeitig mit der 19. Auflage von Rieras zweitem, dem 1977 publizierten Erzählband *Als meine Zeugen benenne ich die Möwen (Jo pos per testi-*

moni les gavines). Zwei weitere Bände Erzählungen, zwei Romane und die Novelle *Selbstsüchtige Liebe (Qüestió d'amor propi / Cuestión de amor propio)* kamen hinzu; Bücher, die sie teilweise selbst vom Katalanischen ins Spanische übertrug.

Bücher, Verkaufserfolge – für einige Kritiker Anlaß genug, sich über die Kunst Carme Rieras, den Leser zu verführen, Gedanken zu machen. Darauf angesprochen, gibt sie freimütig zu, daß diese Kunst keine unbewußte sei. Seinen Leser packen, erobern und, wenn möglich, für immer gewinnen – welcher Schriftsteller wollte das nicht? Auf außerliterarische Methoden habe sie zwar nicht wieder zurückgegriffen, aber gewisser Stilmittel bediene sie sich zu genau dem Zweck. – Aus einer anderen Perspektive betrachtet, nehmen sich allerdings gerade diese Stilmittel wie Masken aus, die Essentielles enthüllen, indem sie es verbergen. Die eine Grundhaltung verbergen, die zum Beispiel in dem Faktum zutage tritt, daß die Autorin als Kind mit Begeisterung zur Beichte ging. Eine wunderbare Einrichtung, davon war sie fest überzeugt, um jemandem, den sie nicht sehen konnte, der also, wie sie glaubte, auch sie nicht sah, die schönsten bzw. die bösesten Geschichten zu erzählen, die auszudenken sie damals fähig war. Wie heute dem Leser. Wobei u. a. eine Vorliebe für die per se dialogische Briefform auffällt. Von Anfang an. *Und laß als Pfand, mein Liebling, Dir das Meer* – kongenial ins Deutsche übersetzt auch Titelgeschichte einer Anthologie, in der eine Reihe herausragender katalanischer Autoren vorgestellt werden – ist ein Liebesbrief. Ein Liebesbrief, den eine junge Frau in Barcelona über das Meer hinweg nach Palma de Mallorca schreibt. Ein langer, ein ergreifender Brief. Zeitzeugnis einer rigiden, erstickenden, heute historischen frankistischen Epoche zudem und Lebensbilanz.

In der makellos schönen, sensuellen Sprache gibt es irritierende Strömungen zwischen den Worten. Das Ende bestürzt. Es ändert die Substanz des Textes radikal. Aus der sanften wird eine böse Geschichte. Aus der bösen eine andere, die man wieder und wieder lesen kann, ohne daß sie ihren besonderen Zauber, ihre innere Spannung verlöre. – »Von hier, von meinem Fenster aus, kann ich das Meer nicht sehen«, beginnt sie. Barcelonas Meer nicht, das trübe, ölig, »zu Kreisen geronnen, verhärtet«, dem »unseren« so gar nicht ähnlich ist. Und doch beschwört sie es, das ungeliebte starre Meer, »weil ich bei seinem Anblick denke, daß Du auf der anderen Seite bist und daß der Weg von Meer zu Meer, von Ufer zu Ufer weniger weit ist als von Stadt zu Stadt. Ich sehne mich nach dem Meer, sehne mich nach der bläulichen Unendlichkeit... unseres Meeres...«

Carme Riera ist am 12. Januar 1948 in Mallorcas Hauptstadt Palma geboren. Die Familie gehört väterlicherseits zur alten aufgeklärt liberalen Aristokratie der Insel. Ihr Elternhaus steht im Alten Viertel, solide, wie für die Ewigkeit gebaut. Ein Haus, in dem es nach Büchern und nach Leder riecht, mit kostbaren dunklen Möbeln, vielen Schubladen, die noch heute die Schätze ihrer Kindheit und frühen Jugend bergen. Man kann es sich gut vorstellen, das Kind, das etwas verloren unter lauter Erwachsenen heranwuchs, die es sorgfältig beobachtete, denen es zuhörte, hellhörig für Töne und Zwischentöne. Ein Kind, dem die »senyora avia«, die Frau Großmutter, Stunden um Stunden Geschichten erzählte aus dem Leben, das kennenzulernen die Enkelin so begierig war. Ein Kind, das sehnsüchtig aus dem Fenster schaute und, kaum war es gelernt, zu schreiben begann, »um Gespenster zu verscheuchen und, vor allem, um mir die Welt zu erklären«. Ein zweites, ein offenes Haus, das sie seit immer liebt, steht in Deià. Ein ihr sympathischer – weil rebellischer – Großonkel baute es sich gegenüber dem Meer, der »bläulichen Unendlichkeit«. Diese Häuser und Menschen, glückliche und tief schmerzende Erfahrungen, die Zeiten in Deià im besonderen, in denen Ausbrüche in das Verbotene, in die Freiheit, »die Welt« weniger schwierig waren, haben Spuren in ihrem Werk hinterlassen. Am konzentriertesten und am wenigsten verschlüsselt wahrnehmbar in Carme Rieras erstem Roman *Ein Frühling für Domenico Guarini (Una primavera per a Domenico Guarini).*

Sie ging mit dem gleichen Vergnügen zur Schule wie zur Beichte, und sie spricht mit Wärme, voller Dankbarkeit von den Nonnen, ihren Lehrerinnen, die weder ihre Phantasie noch ihre wache Intelligenz, nicht ihren ausgeprägt eigenen Willen zu brechen versuchten. Die sie, im Gegenteil, in allem behutsam lenkten und förderten. Am Ende der Schulzeit, mit siebzehn Jahren, verliebte sie sich in Francesc Llinás, einen ihrer Lehrer. Sie heirateten 1971. Francesc sowie Ferrán, der 1972 geborene Sohn, und María, die 1988 zur Welt kam, sind die drei Menschen, denen fast alle Bücher gewidmet sind, die Carme Riera schrieb.

In den sechs Jahren zwischen Abitur und Heirat liegt die Übersiedlung nach Barcelona 1965; das leidenschaftliche Entdecken dieser Stadt, die ihr ein einziges Wunder zu sein schien. Dazwischen liegt das Erleben der Solidarität und der brutalen Repression während der ersten großen Studentendemonstrationen gegen die Diktatur, gegen den Vietnamkrieg auch. Sie wurde verhaftet damals, allerdings schnell wieder entlassen, weil man ihr offensichtlich noch immer die Tochter aus gutem Hause ansah – was sie unsäglich erboste. Dazwischen liegen die Entdeckung des Feminismus, die Begeisterung für Simone de Beauvoir und, mehr noch, für Virginia Woolf sowie eine längere Zeit, in der sie als Hippie lebte. Dazwischen liegt ein brillanter Studienabschluß, 1970, dem 1971 die Berufung an die Universität folgte. Seit Jahren hat Carme Riera den Lehrstuhl für Zeitgenössische Spanische Literatur an der »Universidad Autónoma de Barcelona« inne, und sie wurde auch in diesem Beruf über die Grenzen ihres Landes hinaus bekannt. Neben wissenschaftlichen Publikationen liegen – im Grenzbereich Belletristik/Literaturwissenschaft – verschiedene, immer spanisch geschriebene Studien zu Werk und Person einer Reihe von Schriftstellern vor; in einigen Fällen in Verbindung mit der Frage, ob es eine spezifisch weibliche Sprache gibt und welches ihre ästhetischen Ausdrucksformen sind.

Insbesondere drei zwischen 1987 und 1990 veröffentlichte Bücher stießen auf ein öffentliches Interesse, das im Genre des literarischen Essays ungewöhnlich ist. Sie beinhalten Teile aus Rieras Doktorarbeit und führen diese, verschiedene Aspekte erweiternd und vertiefend, in kreativer Weise fort. Thema ist »Die Schule von Barcelona« – das Buch dieses Titels wurde mit dem »Premio Anagrama« ausgezeichnet; Thema ist das poetische Werk von José Agustín Goytisolo (geboren 1928) und das poetische Werk von Carlos Barral (1928–1989). Es ist anzunehmen, daß ein Buch über Jaime Gil de Biedma (1929–1990) folgen wird, dessen Worte anklingen im Motto der Novelle *Selbstsüchtige Liebe*. Denn er ist, verkürzt gesagt, »Die Schule von Barcelona« gemeinsam mit Goytisolo und Barral. Sie gehören zur »Generation der Kinder des Kriegs«, des Spanischen Bürgerkriegs (1936–1939), und waren über Jahrzehnte eng miteinander befreundet. Auf theoretischem Gebiet durch den Kritiker Josep María Castellet unterstützt, ging von ihnen Ende der fünfziger Jahre der

Impuls aus, einen neuen, einen schöpferischen Atem zu wagen. Den poetologisch-poetischen Ausbruch aus der Kultur des Faschismus. Die Sprache gegen Diktatur. Carlos Barral war über dies hinaus einer der Verleger, dem das damals besiegte demokratische Spanien am meisten zu verdanken hat.

Das Werk der Schriftstellerin Carme Riera ist, von Ausnahmen abgesehen, in Katalanisch, ihrer Muttersprache, geschrieben. Es ist fast vollständig ins Spanische, in Teilen ins Englische, Russische, Tschechische, ins Niederländische und Griechische übersetzt. Im deutschen Sprachraum waren bisher vier über Anthologien verstreute Erzählungen kennenzulernen. Mit *Selbstsüchtige Liebe* wird erstmals ein längerer, in sich geschlossener Text vorgestellt. Ein Anfang, hoffentlich, dem weitere Bücher folgen. Denn die Autorin beherrscht die Kunst, scheinbar einfache Geschichten zu erzählen. Sie so zu erzählen, daß Zwischentöne hörbar, daß Unterströmungen unbewußt oder bewußt wahrgenommen, daß sie häufig in mehreren Realitätsebenen gleichzeitig gelesen werden können. Während es doch auf eine vertrackte, hintergründige Weise tatsächlich immer einfache Geschichten sind.

Wohl einmalig in dem formalen wie thematischen Reichtum ihrer Prosa ist eine Gruppe Erzählungen, in denen Frauen aus dem sogenannten Volk, der Unterschicht, die Hauptpersonen sind. Frauen, die ein ausgeprägt individuelles Profil und eine sehr konkrete Lebendigkeit gewinnen, weil die Texte vom oralen Sprachduktus des auf Mallorca gesprochenen, von lokalen Besonderheiten geprägten Katalanisch getragen werden. – Nicht einmalig, doch selten sind Geschichten, in denen die Autorin die Epoche des Spanischen Bürgerkriegs berührt und das Exil. Wie in der stillen, ergreifenden Geschichte »Die Fotografie«. Ich-Erzählerin ist eine alte Frau. Der Mann, den sie liebte, war 1936, unmittelbar nach Ausbruch des Bruderkriegs, unvorstellbar gefoltert und mit gleicher Grausamkeit hingerichtet worden. Ausgelöscht. Auch ihr nahm man alles, das von seinem Leben zeugte. Bis auf eine bei den Hausdurchsuchungen übersehene, leise verwackelte Fotografie. Sie spricht ohne Pathos, verliert kein Wort über das, was sie durchlitt. Die Wärme in ihrer Stimme weckt das Gefühl, daß etwas anderes in ihrem Leben wesentlicher ist. Sie hat nichts verklärt, nichts verdrängt. Die Liebe, die sie einst lebte, lebt weiter in ihr.

In »Helena, Helena« ist ein Intellektueller der Protagonist, der der berühmten »Generation von 1927« nahesteht. Jener Generation, der u. a. der Maler Salvador Dalí, der Filmregisseur Luís Buñuel und der 1936 in den ersten Kriegswochen ermordete Dichter Federico García Lorca zugehörten. Der Protagonist kämpft für die Republik, ist einer unter jenen dann, die sich nach dem Sieg Francos ins Exil retten können. Entwurzelte, sie alle. Das nackte Leben ihr einziger Besitz. Helena unter ihnen, die der Protagonist auf dem Schiff findet, das ihn nach Nordamerika bringt. Sie bleiben fünf Jahre zusammen. Sie geht ohne Abschied. Aus einem Brief, den er Wochen später erhält, einem Liebesbrief, erfährt er, daß sie zu ihrem Mann zurückkehren will. Einem unter den Tausenden republikanischer Spanier, die in nationalsozialistische Konzentrationslager verschleppt worden waren. Einem unter den wenigen, die Mauthausen überlebten. Der Protagonist versteht, er akzeptiert Helenas Entscheidung. Ihn trifft sie wie sein Tod. Er fällt in die Leere, die Kälte. Ihm bleibt ein unerträglicher Schmerz. Doch auch er versteint nicht. Erkennbar wird es an der Offenheit, mit der er nach Jahrzehnten, als alter Mann, einer Frau begegnet, die eine ferne

Erinnerung in ihm aufklingen läßt. Bevor sie noch sagt, sie heiße Helena...

Sind Erzählungen, die historische oder politische Hintergründe tangieren, auch relativ selten im Werk Rieras – was nicht bedeutet, daß je Mangel herrschte an scharfsichtiger Gesellschaftskritik –, die Grundhaltung, diese unter Schmerzen erkämpfte Lebenshaltung, die in den zwei eben gestreiften Texten zutage tritt, ist es nicht. Eine ganze Reihe ihrer Geschöpfe verkörpert sie. Jene Frau in der ins Deutsche übersetzten Geschichte »Die Verabredung« zum Beispiel, die ihrem Mann nach einem Jahr der Trennung einen mutigen, einen vertrauensvollen Liebesbrief schreibt. Desgleichen die beiden weiblichen Hauptpersonen der Bücher, die vor und nach *Selbstsüchtige Liebe* entstanden; des eingangs erwähnten Romans *Ein Frühling für Domenico Guarini*, für den Carme Riera (als erste Frau) 1981 den »Premio Prudenci Bertrana« erhielt, sowie des 1989 mit dem »Premio Ramón Llull« ausgezeichneten Romans *Spiegelspiel (Joc de miralls)*.

Sie sind substantiell voneinander verschieden, die »einfachen Geschichten«, die die Autorin in diesen drei Werken erzählt. *Ein Frühling für Domenico Guarini* spielt u. a. in Florenz; der mit dem Titel genannte Protagonist ist ein junger italienischer Maler. Hauptschauplatz in *Spiegelspiel* ist ein fiktives südamerikanisches Land. Ein Land, in dem sich die furchtbare, die tödliche Wirklichkeit der realen Militärdiktatur manifestiert; Protagonisten sind zwei weltweit bekannte Schriftsteller.

Doch obwohl oder vielleicht gerade weil jeder Text seine ausgeprägt eigenen Konturen hat, werden Elemente sichtbar, die alle drei Werke verbinden. Zwei Konstanten sind es insbesondere. Ausdrucksformen, zum einen, die in unzähligen Variationen und Metamorphosen die Fähigkeit der Autorin widerspiegeln, Gemütszustände, Gefühlsstrukturen auch, zu durchleuchten, ohne ihre Personen psychologisch zu sezieren. Ohne sich durch Beurteilung oder Urteil von ihnen zu distanzieren. Untrennbar verbunden mit diesen Seelenradiographien ist, zum anderen, die Kunst (Literatur) – in *Selbstsüchtige Liebe* Kunst und Kitsch – so gut wie allgegenwärtig. Präsent im Denken, im Empfinden, nicht abgehoben vom normalen Leben der Figuren, ob Kunst durch den Beruf zu ihrer Alltagserfahrung gehört oder nicht. Und präsent als absolute Kategorie. In Carme Rieras erstem Roman zum Beispiel ist Sandro Botticellis Gemälde »Der Frühling« Hauptperson an der Seite der Menschen, und es wird in dieser Eigenschaft für sie zum Spiegel. Zum Instrument der Konfrontation mit dem eigenen Ich, der unbestechlichen Selbsterkenntnis. In einem Erzählstrang für Domenico Guarini. Er ist ein Seelenverwandter Angela Caminals (*Selbstsüchtige Liebe*), ist ihr exaktes männliches Gegenbild insoweit, als er, durch eine Frau vernichtet, in den Abgrund stürzt. Im zweiten Erzählstrang für Isabel Clara Alabern, eine katalanische Journalistin, im Zusammenhang mit einem ungewöhnliche Tiefen erreichenden Prozeß weiblich-menschlicher Emanzipation. Am Ende erkennt sie darüber hinaus im Mitmenschen, in Domenico Guarini, einen Spiegel ihres Ichs und einen Stellvertreter. Denn ohne die Reflexion seiner Person, seines Schicksals, seiner Hölle hätte sie die eigene Hölle nicht erkannt. Den befreienden Ausweg niemals gefunden.

In genau dieser Weise könnte die Novelle *Selbstsüchtige Liebe* ihres Lesers Spiegel werden. Die ambivalente Grundstruktur ihrer Sprache lädt dazu ein. Ihre Geschöpfe fordern die subjektive, die individuelle Annäherung geradezu heraus, da sie ohne innere Zensur, darin dem Traum gleichend, die ganzen Widersprüchlichkeiten der Gefühle zulassen. Der Text gleicht einem Kaleidoskop. Jeder sieht das Bild anders, das es birgt. Ein Bild, das sich, bei leisester Berührung schon, verändert, um sich aufs immer neue zu verändern.

Der spanische Literaturkritiker Leopoldo Azancot, der Carme Rieras »exemplarische Geschichte« in der Madrider Tageszeitung »El País« vorstellte, hingerissen von der Brillanz ihrer Prosa, sieht die Möglichkeit, das dem äußeren Umfang nach »kleine Meisterwerk« in der Tradition von *Gefährliche Liebschaften* Choderlos de Laclos' zu lesen, des »großen Meisterwerks« des französischen 18. Jahrhunderts. Oder/und als Darstellung bzw. Analyse eines Falls von psychischem Vampirismus. Oder/und, wie bereits angedeutet, als philosophischen Roman. Als die Frage, was denn Liebe sei. Mittel zum Zweck? Um auszubrechen zum Beispiel aus der Isolation, wie Angela, aus der Mittelmäßigkeit, wie Miguel...

Im Titel des Originals schon – *Qüestió d'amor propi/ Cuestión de amor propio* – ist lediglich das erste Wort: »Frage« nicht mehrdeutig. Unter »amor propi/propio« kann sowohl Eigenliebe als auch Selbstachtung in allen denkbaren Varianten verstanden werden. Begriffe, die grundverschiedene Lesarten ermöglichen, wobei die in der einen gewonnenen Erkenntnisse zur Klarsichtigkeit in der anderen beitragen.

Eine zusätzliche Realitätsebene erschließt sich, wird einem bewußt, daß nach der ersten großen Kontrakomposition Norden/Süden, den wunderbaren Reflexionen über das Licht, die den Roman eröffnen, die zweite, jene, die romantische Liebe (Angela) und aufgeklärte Liebe (Ingrid) gegeneinanderstellt, eigentlich gar keine Gegenüberstellung von Extremen ist. Insoweit nicht – worauf auch

Leopoldo Azancot hinweist –, als es extreme Ausdrucksformen derselben Grundhaltung sind. Denn beide Frauen gehen davon aus, daß der Mann unfähig zur Liebe sei oder doch niemals den Grad ihrer Liebesfähigkeit erreiche. – Innerhalb dieses Problemkomplexes kann zudem Ingrid als das exakte weibliche Gegenbild Miguels gesehen werden. Wie reagierte Angela Caminals, hätte Miguel Orbaneja – so wie Ingrid – seinem Roman eine Liste seiner Geliebten vorangestellt, »in der Reihenfolge ihrer Intervention«, und sie fände sich in diesem Reigen wieder?

Andere Dimensionen erschließen sich auf der Textebene der Kunst, der Literatur. Dadurch insbesondere, daß der Erzählung der Schriftstellerin Angela Caminals, von wenigen Ausnahmen abgesehen, die Sprache von Schriftstellern kontrakomponiert ist. Eine Frau, der ein Mann Leides tat, findet sich in den Worten des männlichen Mitmenschen. Doppelspiegel. Weil sie von dem Wissen, von dem Erfahren dessen zeugen, das ihm und ihr widerfuhr.

Angefangen bei Jaime Gil de Biedma:

Oh, die unwürdige Knechtschaft, Menschen zu lieben,
und die unwürdigste,
sich selbst zu lieben.

Angefangen bei Ausías March:

Kluge Dame, ich bitte um ein Stückchen
euren trocken Brotes, Heilung der Bitternisse;
keine Speise mundet mir mehr
außer jener, die mich viel Liebe kostet.

Die Frau in der Gesellschaft

Jutta Heinrich
Alles ist Körper
Extreme Texte
Band 10505

Das Geschlecht der Gedanken
Roman. Band 4711

Eva Heller
Beim nächsten Mann wird alles anders
Roman. Band 3787

Irma Hildebrandt / Eva Zeller (Hg.)
Das Kind, in dem ich stak
Gedichte und Geschichten über die Kindheit. Band 10429

Anna Johann
Geschieden, vier Kinder, ein Hund – na und?
Band 11118

Claudia Keller
Windeln, Wut und wilde Träume
Briefe einer verhinderten Emanze
Band 4721

Claudia Keller
Kinder, Küche und Karriere
Neue Briefe einer verhinderten Emanze
Band 10137

Der Flop
Roman. Band 4753

Frisch befreit ist halb gewonnen
Reisebriefe einer verhinderten Emanze
Band 10752

Sibylle Knauss
Erlkönigs Töchter
Roman. Band 4704

Fern Kupfer
Zwei Freundinnen
Roman. Band 10795

Jeannette Lander
Ich, allein
Roman. Band 4724

Rosamond Lehmann
Aufforderung zum Tanz
Roman. Band 3773

Der begrabene Tag
Roman. Band 3767

Rosamond Lehmann
Dunkle Antwort
Roman. Band 3771

Der Schwan am Abend
Fragmente eines Lebens
Band 3772

Wie Wind in den Straßen
Roman
Band 10042

Doris Lerche
Eine Nacht mit Valentin
Erzählungen
Band 4743

21 Gründe, warum eine Frau mit einem Mann schläft
Erzählungen
Band 11450

Dorothée Letessier
Auf der Suche nach Loïca
Roman
Band 3785

Fischer Taschenbuch Verlag

fi 20/21b